루미 시집

...chard in spring.
...d wine, and sweethearts
...megranate flowers.
...me, these do not matter.
..., these do not matter.

루미 시집

잘랄 아드딘 무하마드 루미
정제희 옮김

시공사

옮긴이 서문

이란 유학 시절, 이란어를 전공했다고 하면 이란인들은 내게 가장 먼저 좋아하는 시가 무엇인지 물었다. 아는 시가 없다고 대답하면 으레 실망한 얼굴로, 이란어를 전공했으면 이란어의 꽃과도 같은 시를 공부하는 것이 당연한 것 아니냐며 의아해했다. 나는 부끄러웠다. 대답할 수 없었던 부끄러움을 등불 삼아 아름다운 이란의 시들을 살펴보게 되었다.

그때 처음으로 루미를 만났다. 13세기를 살았던 이란의 대표 시인 중 한 명인 루미. 그의 이름은 잘랄 아드딘 무하마드 루미 혹은 잘랄 아드딘 무하마드 발키로 알려져 있다. 어떤 것이 정확한 이름인지는 아무도 모른다. 다만 이란어로 '발키'는 아프가니스탄의 발흐 지역을 뜻하고 '루미'는 로마 혹은 그리스를 뜻하는 단어인데 실제

로는 그가 살았던 시대의 룸 술탄국에서 따왔다는 것을 추측할 수 있다. 하지만 루미의 시를 읽으면서 그의 정확한 이름이 무엇인지는 중요하지 않았다. 아마 루미 자신에게도 그러하리라. 루미의 가장 위대한 업적이라고 평가받는 《마스나비》가 미국에서 가장 많이 팔린 시집으로 꼽히고 전 세계인들이 루미의 시를 읽고 공감할 수 있는 것처럼 그는 그저 세계인으로, 또 자신으로 남고 싶었을 것이다. 루미는 자신이 바라는 이상적인 삶을 살기 위해 끊임없이 지혜를 구하고, 사랑하는 신과 하나가 되기를 바라는 한 명의 수행자일 뿐이었다. 그랬기에 전 세계의 수많은 독자들이 한없이 낮아질 줄 아는 그에게 괴리감보다는 동질감을 느끼고, 위로를 받을 수 있었을 것이다.

그렇다면 루미는 왜 그토록 간절히 신과 하나가 되기를 원했을까? 루미는 전통적인 신학자 집안에서 태어났다. 그가 스승처럼 따르며 존경했던 아버지가 돌아가신 후 노탁발승 샴스 타브리즈를 만나게 되었는데, 이는 루미의 삶을 통째로 변화시킨 엄청난 사건이었다. 샴스와 함께했던 시간 동안 루미는 책에서 배우는 신이 아닌 인간의 모습으로 온 신의 모습을 보면서 진정한 사랑을 체험했던 것 같다. 가장 널리 알려져 있는 루미와 샴스 타브리즈의 일화를 하나 소개한다. 이느 날 책을 읽고 있는 루미에게 샴스가 무엇을 하느냐 물었다. 학문을 구하기보다는 일생을 떠돌아다니며 배움을 얻고자 했던 샴스에게 루미가 "당신은 이해할 수 없다"라고 말하자, 갑자기 책에 불이 붙어 모두 타버렸다. 도대체 어떻게 된 일

이냐 묻자 샴스는 이렇게 대답했다고 한다. "너는 이해
할 수 없다."

샴스 타브리즈는 아마도 신을 만나기 위한 진정한 길은
책 속에 있는 것이 아니라고 말하고자 했을 것이다. 그
후 루미는 더욱 정열적으로 수피즘(이슬람 신비주의 종
파)에 빠져들게 된다. 수피즘은 철저한 금욕주의를 지키
며 일상에서의 고행과 수행을 통해 신과의 직접적인 합
일을 교리로 삼는 종파 중 하나다. 합일의 상태를 위한
도취와 몰입을 중요시하기에 보는 사람도 어지러울 만
큼 빠르게 회전하는 춤을 쉬지 않고 추면서 신에게 가닿
기를 바란다. 루미의 시에 유독 '취함(도취)'이라는 단
어가 많은 이유도 그 때문이다. 또한 스승이자 친구이자
연인이었던 샴스(아랍어로 태양을 의미)를 그리워했기

에 '태양'이나 '불꽃'이라는 단어가 많이 등장한다는 것을 알 수 있다.

루미의 작품 중 가장 유명한 작품은 단연 《마스나비》이다. 원제는 《مثنوی معنوی(The Masnavi-i Ma'navi)》, 즉 '영혼의 마스나비'라는 뜻이다. 수피주의자였던 그였기에 이 시집은 '수피즘의 교과서'라 불리기도 하고, 아름다운 단어의 배열로 '이란어로 쓰인 경전'이라 불리기도 한다. '마스나비'는 대구를 이루는 2행시로, 시의 한 형태인데 원문으로 읽다 보면 대구를 이루는 리듬감과 운율이 경이로울 만큼 아름답다. 길이와 소재에 제약이 없고 다양한 일화들이 나오기 때문에 얼핏 우화 같은 느낌도 든다. '마스나비'는 앞에서 설명한 것처럼 시의 한 형태를 의미하기에 아랍어 마스나비, 터키어 마스나비 등

다양하게 존재하지만 이란어를 사용하는 지역에서 '마스나비'는 곧 '루미'를 뜻할 만큼 큰 의미를 갖는다. 루미가 극도의 황홀경 속에서 쏟아낸 것을 그의 제자가 받아 적은 것이 바로 총 6권 분량의 책으로 이루어진 《마스나비》이다. 이 안에는 말 그대로 삶의 모든 이야기가 담겨 있다. 이슬람교의 경전인 코란과 하디스를 바탕으로 한 종교적 이야기도 있지만 재밌게 읽을 수 있는 소소하고 평범한 일상의 이야기도 많다. 특히 샴스와의 이별을 오래도록 가슴 아파했던 그였기에 사랑과 이별을 겪은 사람이라면 누구나 루미의 시에 쉽게 공감할 수 있다. 루미가 그토록 하나가 되기를 바랐던 신, 애틋하게 그리워했던 샴스를 자신이 사랑하는 사람으로 대입해 읽으면 훌륭한 서정시가 되는 것이 《마스나비》의 달콤한 묘미라고 하겠다.

《루미 시집》은 《마스나비》 1권을 발췌해 번역한 것이다. 2만 6천여 구에 달하는 6권을 전부 다 번역하는 것보다 우선 1권을 집중적으로 소개하고 싶었다. 총 73편의 시를 가려 뽑았고 종교적인 색채가 너무 진한 우화는 최소한으로 실었으며, 좀 더 많은 독자들에게 공감을 얻을 수 있도록 교훈 형식의 이야기를 선택했다. 원문을 살려 산문시 형식을 선택했고 최대한 원문의 느낌과 뜻을 바꾸지 않으려고 노력했다. 언젠가는 완전한 형태의 마스나비를 꼭 소개할 수 있기를 희망한다. 무엇 하나 버릴 것이 없었다. 생략된 부분에도 흥미진진한 이야기가 흘러넘쳐 선별 작업이 힘들었지만 수많은 이야기 중에서 내가 가장 공감했던 이야기, 독자들에게 들려주고 싶은 이야기 들을 우선적으로 골랐다.

개인적인 고백을 하자면, 지난 2018년은 나에게 무척 힘든 해였다. 그때 덜컥 루미를 번역하겠다고 했으니 무모했고, 자괴감에 울기도 많이 했다. 루미는 해맑은 어린아이처럼 언어를 자유자재로 가지고 놀면서 여기저기 매듭을 지어놓았다. 그 매듭 안에 뽀얀 진주 같은 지혜가 숨겨져 있으니 대충 할 수가 없었다. 매듭을 하나씩 붙들고 풀려고 할 때마다 진이 빠지고 눈물이 났다. 참 많이도 울었다. 하지만 신기하게도 일상에서, 또 번역을 하는 과정에서 지치고 무너지려 할 때마다 자꾸만 그의 마스나비를 펴보게 되는 것이었다. 루미는 그 누구보다 다정하게 나를 위로해주고 보듬어주었고 모든 어려움에 계속해서 해답을 주었다. 그래서 끝마칠 수 있었다. 지금 우리는 너무나 힘들고 치열하게 외로운 시간을 살고 있다. 따뜻한 위로가 필요한 독자들이 나와 같은 경험을 할 수 있기를 바란다.

정제희

오라, 그대가 누구든 오라.
무신론자, 불을 숭배하는 자, 죄로 가득한 자여.
여기로 오라, 이곳은 절망과 고통의 문이 아니니.
비록 백 번도 넘게 맹세를 깨뜨렸을지라도
그대는 내게로 오라.

_루미

이별의 괴로움을 부르짖는 갈대의 이야기를 들어라.

갈대밭에서 잘려 나온 나의 슬픔을 모두가 슬퍼한다.
내 사랑의 아픔을 이야기하기 위해서는 이별로 조각조
각 난 가슴을 가진 이가 필요하다.
자신의 뿌리에서 잘려 나온 모든 이는 뿌리와 연결되어
있던 처음 그때로 돌아가기를 소망한다.
나는 모두에게 신음한다. 행복한 이에게도, 불행한 이에
게도 나의 고통을 신음한다.
나와 친구가 되어도 내 안의 비밀을 보려 하지 않는다.
나의 신음이 곧 나의 비밀이지만 눈과 귀로는 그것을 이
해할 수 없다.
육체가 영혼을, 영혼이 육체를 가려서가 아니다. 영혼을

보는 것은 그 누구에게도 쉽게 허락되지 않기 때문이다.

갈대의 울음은 바람이 아닌 불꽃이다.
마음속에 불꽃을 가지지 않은 자는 존재하지 않는 것과
같다.
이 불꽃은 갈대의 사랑이며, 이 타는 사랑은 갈대의 사
랑의 열정이다.
갈대는 갈대밭에서 잘려 나온 모두와 친구가 된다.
갈대의 이야기가 우리의 시야를 가린 장막을 걷는다.
갈대와 같은 독과 해독제를 본 적이 있는가?
갈대와 같은 열정과 그리움을 본 적이 있는가?
갈대의 이야기는 피로 가득하며 사랑의 광기를 이야기
한다.

광기만이 사랑의 유일한 이성이며 귀만이 이야기의 유일한 손님이다.

삶에서 슬픔은 언제나 예고 없이 찾아오고 삶은 불타는
듯한 슬픔과 함께한다. 삶이 끝난다면 가도록 두어라.
하지만 아! 당신은 머물러라. 당신같이 아름다운 자가
없으니.

물고기만이 물로 배를 채우지 못한다. 식량을 구하지 못
한 자의 하루는 길다. 날것은 익음을 이해할 수 없다.

아! 소년이여, 네 몸을 휘감은 사슬을 풀어라. 그 사슬이
금이라도, 또 은이라 해도 언제까지 그 사슬에 묶여 있
을 텐가.

바닷물을 항아리에 담는다면 얼마나 머물겠는가? 고작
하루를 머물 뿐이다. 탐욕의 항아리는 절대 채울 수 없
다.

조개는 인내하지 않으면 진주를 품을 수 없다. 사랑으로

탐욕이란 옷을 찢는 자만이 욕심과 삶의 어려움에서 완전히 정화된다.

그러니 기쁘라! 아! 사랑은 우리의 행복. 아! 모든 문제를 고치는 명의. 아! 헛된 오만과 긍지의 치료제. 아! 우리의 플레톤이자 갈레노스.

흙으로 빚어진 육신은 사랑을 통해 하늘로 날아오르고, 산도 춤추며 온다.

아! 신의 빛이여, 죄악의 수호자여.

인내는 행복의 열쇠와도 같습니다.

아! 당신을 마주하는 것은 모든 질문에 대한 대답과도 같습니다.

어려움은 그 어떤 혼란도 없이 당신으로 해결됩니다.

내 마음에 있는 모든 것은 당신으로 해석됩니다.

진흙탕에 빠진 나를 꺼내주십니다.

어서 오십시오. 선택된 자여, 허락된 자여!

당신이 없다면 나는 텅 비게 될 것입니다.

당신은 나를 보호하십니다. 영원히 반복되는 이 형벌에서 멀어지게 해주십니다.

사랑은 비밀의 별을 관측하는 것.

이 사랑이 어디에서 오든 마지막에 우리는 그것의 비밀을 알게 됩니다.

어떻게든 사랑을 설명해보려 하지만 사랑에 빠지면 수줍어집니다. 어떤 달변가의 설명보다도 더 정확하게 사랑을 설명할 수 있는 것은 침묵입니다.

사랑을 쓰려 하면 우리는 성급해지고 사랑을 쓰는 연필마저 스스로 부서질 것입니다.

사랑을 설명할 때 이성은 낮잠에 빠진 나귀와 같이 무력해집니다. 사랑을 설명할 수 있는 것은 오직 '사랑' 그 자체입니다.

태양은 태양이기에 떠오르는 것, 이유는 반드시 자신 안에 존재합니다. 내가 사랑하는 사람은 누구와도 같지 않

기에 설명하는 것이 불가능합니다. 그러니 어떻게 사랑
을 설명할 수 있겠습니까?

고작 발에 박힌 가시도 빼내기가 힘든데 하물며 마음에
박힌 가시는 어떻겠습니까?
마음에 박힌 가시는 아무리 작은 가시라 해도 누군가가,
또는 누군가에게 슬픔을 준 흔적입니다.

나귀의 꼬리에 가시가 박히면 나귀는 빼낼 줄 몰라 날
뛰기만 합니다. 하지만 뛰면 뛸수록 가시는 깊숙이 박
혀 나귀를 더욱 고통스럽게 합니다. 누군가가 가시를 빼
주어야만 합니다. 나귀는 가시를 빼기 위해서 타는 듯한
아픔과 고통을 겪고, 고통은 온몸에 상처를 냅니다.

제가 당신의 고통을 없앨 기적을 보여드리겠습니다. 그
러니 고통스러워 말고 이제는 기뻐하십시오.

초원에 비가 내리는 것처럼 제가 당신을 대신하여 울 테니 당신은 더는 눈물 흘리지 마십시오.

그의 아름다운 얼굴이 그의 적이다.

공작새의 화려한 날개가 공작새의 적이다.

아! 왕을 죽인 것은 왕의 넘치는 위엄이었다.

나는 사냥꾼의 표적이 된 사슴. 사향을 위해 피를 흘리
네!

나는 사막의 작은 여우. 털을 위해 나의 목을 베네.

나는 한 마리의 코끼리. 상아를 위해 피를 흘리네.

내가 가진 아름다움이 나를 파괴하네.

그들은 나의 아름다움에 사로잡혀 내가 피를 흘리며 죽
어가는 것도 모르네.

오늘은 나에게 있지만, 내일은 그에게 있는 것.

또 누군가의 피가 이처럼 흐를 것인가?

살아 있는 자의 사랑은 우리의 정신에, 우리의 눈앞에
매 순간 신선한 싹을 틔우고 따뜻한 숨을 불어넣네.
영원히 살아 있는 사랑을 선택하라. 그 사랑은 당신의
삶을 풍요롭게 할 한 잔의 와인이 될 테니.

신성한 자의 행동을 평가하지 말라.

배와 배는 똑같이 적는다고 같은 단어가 아니다.

두 벌이 같은 곳에서 같은 먹이를 먹어도 이 벌은 침을 만들고, 저 벌은 꿀을 만든다.

두 사슴이 같은 풀과 물을 먹어도 이 사슴은 배설물을, 저 사슴은 순수한 사향을 만든다.

두 갈대가 같은 물을 먹어도 이 갈대는 텅 비어 있고, 저 갈대는 설탕으로 가득 찬다.

둘 사이에 만 가지의 유사점이 있어도 그 차이는 한평생 인생만큼 크다.

이것이 먹으면 오물이 되고 저것이 먹으면 신의 은혜가 된다.

이것이 먹으면 질투를 낳고 저것이 먹으면 신의 지혜를

낳는다.

이 땅은 비옥하고, 저 땅은 황폐하다.

이 사람은 무결한 천사이고 저 사람은 들짐승과 악마이
다.

영혼의 미각을 가진 것이 아니라면 어떻게 이 둘을 구분
할 수 있겠는가?

우리는 자신의 자리를 향합니다. 자신의 이름에 어울리는 곳을 향합니다.

신실한 자라 불린다면 그의 영혼은 기쁠 것이고, 위선자라 불린다면 그의 영혼은 분노로 가득 찰 것입니다.

신실한 자의 이름은 그의 본질 때문에 사랑받을 것이며, 적의 이름은 그의 해로움 때문에 경멸당할 것입니다.

믿음이라는 단어가 존경을 주는 것이 아닙니다. 믿음이라는 단어는 오직 명시적인 의미일 뿐, 위선자를 위선자라 부른다면 그 이름이 전갈이 되어 내면을 찌를 것입니다.

이 이름이 지옥에서 파생된 것이 아니라면 왜 거기에서 지옥의 맛이 나겠습니까?

이름의 추함은 이름에서 나오는 것이 아닙니다. 바닷물의 쓴맛은 그것이 담긴 그릇에서 나오는 것이 아닙니다. 이름은 그릇이고, 의미는 그 안에 담긴 물입니다.

누구의 얼굴을 보든 자세히 살펴보십시오.
얼굴에 그 사람의 행동이 있습니다. 많은 악마가 사람의 얼굴을 가졌습니다.
쉽게 다른 이의 손을 잡지 마십시오. 사냥꾼은 새소리를 흉내 내 새를 유인합니다.
악마는 수도자의 말을 훔쳐 주문을 외우고 무지한 사람들을 현혹합니다.
선한 사람의 얼굴은 빛나고 따뜻합니다. 악한 사람의 얼굴은 타인을 속이고 부끄러움을 모릅니다.

신의 와인은 그 끝에 순수한 사향의 향기가 남고 다른
와인은 그 끝에 악취와 고통이 남습니다.

현실에 깨어 있는 것은 정신이 잠들어 있는 것과 같습니다. 때로는 깨어 있음이 잠든 것보다 더 무지합니다. 당신의 영혼이 그에게 깨어 있지 않다면 깨어 있어도 인식의 문은 닫힌 것과 같습니다.

우리의 정신은 많은 생각과 불안함으로 온종일 행복할 수 없기에 그의 은혜와 영광이 머물지 못하고 하늘로 향하는 여행도 할 수 없게 됩니다.

정신적으로 잠들어 있다는 것은 상상을 통해 헛된 희망을 품고 끊임없이 좇는 것입니다.

꿈에서 천사의 모습을 한 악마가 욕망으로 가득한 악마의 물을 쏟아붓고, 그 더러운 물에는 욕망의 씨앗이 가득할 것입니다.

꿈에서 깨면 그 상상은 당신에게서 도망칠 것입니다. 그렇다면 자신을 한심하고 나약한 사람이라 생각하여 탄식이 나올 뿐입니다.

새는 아래로 위로 납니다. 새의 그림자도 새처럼 납니다. 어리석은 자는 새의 그림자를 잡기 위해 계속해서 달리다가 곧 지치고 맙니다.
하늘을 날고 있는 새의 그림자인 줄도 모르고 그림자의 주인이 어디에 있는지도 모릅니다. 그림자를 항해 회살을 쏘느라 화살집이 빕니다.

우리의 삶도 이와 다르지 않습니다. 그림자를 좇느라 화살집이 비고, 삶이 저물어갑니다.

그림자를 쫓는 사냥에 삶이 흘러가는 것입니다. 하지만 신의 그림자는 당신을 보살피고 그의 그림자를 통해 당신을 보호합니다.

신에게 복종하십시오. 당신의 행복과 불행은 그대가 숭배하는 자와 함께합니다. 그에게 완전히 복종하고 그를 믿는 것 이외에는 모든 것이 속임수요 덫일 뿐입니다.
신에게 복종하라고 강요하지 마십시오. 강요는 의심을 일게 합니다.

자신의 무력함을 보십시오. 그의 명령과 규율은 복종을 위한 것이 아닙니다. 우리의 무능과 나약함을 보여주고 그 안에서 그의 힘을 알게 되는 것입니다.
자신의 무력함을 보지 마십시오. 무력함은 그의 은혜를 모르는 것에서 오는 것입니다.
자신의 힘을 보십시오. 이 힘은 그에게서 오는 것이니 당신의 힘은 그의 축복입니다.

눈앞의 촛불을 끄지 마십시오. 촛불이 길을 안내할 것입니다. 보이지 않으면 상상으로 죽게 될 것이니 이는 한밤중에 촛불을 끄는 것과 같습니다.

촛불을 끄고 두려움을 버리십시오. 보이지 않던 많은 것들이 보일 것입니다. 촛불을 끄는 것으로 당신의 영성은 더욱 풍부해질 것입니다.

스승을 찾으십시오. 죽음에 대한 선조들의 지혜를 알게 될 것입니다. 모든 종교가 죽음에 대해 말합니다. 당신을 오류에 빠지지 않도록 해줄 것입니다.

스승을 찾지 마십시오. 모든 스승은 당신 자신입니다. 그 스승을 아는 것 또한 당신이기 때문입니다.

주체가 되어 사람들의 대상이 되지 마십시오. 다른 사람들의 방향을 따르지 말고 자신의 방향을 따르십시오.

이 다양한 의견은 사실 하나입니다. 두 개로 보이는 자들은 제대로 이해하지 못한 것입니다.

어떻게 백 개가 하나일 수 있는지, 어떻게 서로 반대되는 것들이 하나일 수 있는지, 어떻게 독과 설탕이 하나일 수 있는지 의심하지 마십시오.

단일성을 이해하지 못한다면 어떻게 각기 다른 장미들로 가득한 정원을 지나면서 하나의 장미 향을 맡을 수 있겠습니까?

백 가지 색의 옷감은 순결한 염료 항아리에서 미풍과도 같은 단순한 하나의 색이 됩니다.

그분이 가진 하나의 색은 단순함이 아니며 그것은 물고기가 깨끗한 물을 갈구하는 것과도 같습니다. 땅 위에 수천 가지의 색깔이 있다 해도 물고기는 갈증과 싸울 테니까요.

물고기가 무엇이고 바다가 무엇인지 아는 것은 전지전능하고 영광스러운 그분을 아는 것과도 같으니, 끝없이 펼쳐진 바다와 수없이 많은 물고기가 그분의 자비로움에 무릎을 꿇습니다.

얼마나 많은 비를 내려야 진주로 가득한 바다가 그분의 은혜를 알까요?

얼마나 많은 태양의 자비를 비춰야 구름과 바다가 그분의 자애로움을 알까요?

지혜의 햇살이 물과 땅을 비추면 땅은 씨앗을 받아들입니다. 땅은 거짓말을 하지 않습니다.
무엇을 심든 정직하게 그것을 돌려줍니다. 이 정직함은 신의 정직함을 닮았습니다.
정의로운 태양이 그 위를 비춥니다. 새로운 봄이 오기 전까지 땅은 신의 자애로움인 이 비밀을 드러내지 않습니다.
그분의 자애로움은 움직이지 않는 것들에게 정직함을 주지만 그분의 분노는 지혜로운 자의 눈도 멀게 합니다.

당신 없는 내 세상에는 빛이 없습니다.

나는 지팡이가 없는 맹인과 같으니 영광의 길로부터, 신의 길로부터 더는 당신에게서 떨어뜨려 놓지 마십시오.

당신 없는 나는 어린아이와 같으니 나를 보살피시고 오직 내 위로 당신의 그늘을 드리워주십시오.

당신의 언어는 악마를 침묵하게 하고
당신의 언어는 나를 깨어 있게 합니다.

당신이 말할 때면 나의 귀는 지혜로 가득 차고
당신은 바다와도 같아서 나의 갈증이 해갈됩니다.

당신과 함께라면 나에게 이 땅은 천국보다 기쁘고
당신으로 인해 이 세상이 빛납니다.

당신이 없다면 하늘도 어두워지고
아! 달과 같은 당신, 당신이 아니라면
누가 하늘의 주인이겠습니까?

천국은 고귀함의 형상이고
고귀함은 순결한 영혼을 뜻합니다.

고귀함의 형상은 육체를 위한 것이고
육체에게 그것은 이름을 의미합니다.

당신을 부정하는 것이 아닙니다.

내가 하는 말은 낯선 이가 하는 말이 아닙니다.

나는 당신과의 이별로 눈물을 흘리고

탄식 그리고 탄식만이 영혼 안에 흐릅니다.

아이는 자신을 돌보는 자에 대항하는 것이 아니라

선과 악을 모르기에 그저 우는 것입니다.

나는 하프이고 당신은 하프의 현을 켭니다.

이 슬픔은 나에게서 오는 것이 아니라

당신이 나를 슬프게 만드는 것입니다.

나는 피리이고 당신은 피리를 붑니다.

나는 산이고 당신은 메아리입니다.

나는 체스 판의 말이고 당신만이 승리와 패배를 결정할

수 있습니다.

아! 선하고 순결한 자여!
나는 누구입니까?
아! 당신은 내 영혼의 영혼.
나는 당신 곁에 머물러야 합니다.

당신이 없다면 나는 존재하지 않는 것과 같고
당신은 절대적이기에 나를 존재하게 합니다.
나는 사자이지만 종이 사자와도 같습니다.
바람은 매 순간 나를 공격합니다.
공격을 느낄 수 있지만 눈에는 보이지 않습니다.
그 보이지 않는 바람은 절대 지는 법이 없습니다.

나를 공격하는 바람과 나의 존재는 당신이 준 것입니다.

나의 존재는 모두 당신이 존재하게 한 것입니다.

존재의 기쁨은 존재하지 않는 것을 보여주고 존재하지

않는 것은 당신을 사랑하게 합니다.

나의 이 풍요로운 기쁨을 뺏지 마십시오.

설탕과 포도주와 컵을 뺏지 마십시오.

나에게서 사랑의 기쁨을 뺏지 마십시오.

모든 타인으로부터 혼자가 되라.

벽을 마주하고 혼자 앉아

자신의 존재로부터 은둔을 선택하라.

이 결정 이후에는 말할 수 없고

지금부터 말하는 것은 나의 일이 아니다.

친구들이여! 작별이네 나는 죽었네.

옷가지들도 천국으로 가져가겠네.

불구덩이에서 장작처럼 타며 형벌의 고통을 받는 대신

천국에서 사랑하는 이의 곁에 머물겠네.

우리를 따뜻하게 해주던 해가 졌으니 등불을 켜는 방법밖에 없습니다.

우리 앞에서 사랑하는 이가 사라졌을 때 반드시 그를 기억할 다른 이가 필요합니다.

장미가 져서 장미 정원이 망가진다고 해도 장미수에서 향기를 맡을 수 있습니다.

만약 어떤 것과 그것을 대신하는 것이 둘로 보인다면 이는 잘못된 것입니다.

당신이 형상을 숭배하는 게 아니리면 하나로 보일 것입니다.

형상만 본다면 둘로 보일 것이고, 그것의 빛을 본다면 당신의 눈에서 하나가 될 것입니다.

백 개의 사과와 백 병의 물이 있다 해도 그것들을 모두

으깨면 하나가 됩니다.

영적인 세상에서는 구별과 개수는 의미가 없습니다.

영적인 세상에서는 구분과 개인은 의미가 없습니다.

친구들과의 합일은 행복한 것이며, 영적인 세상을 좇아야 합니다.

형상은 불량한 것입니다. 불량한 형상을 고통으로 녹이고 그 아래의 합일에서 보석을 보아야 합니다.

만약 형상을 버리지 못한다면 사랑을 버리는 것입니다.

아! 내 마음의 주인인 당신!

당신은 우리의 마음에 자신을 드러내고 수도승의 옷을 짓습니다.

하나의 본질이 전체가 되고 우리는 모두 하나로 연결됩

니다.

우리는 태양처럼 하나의 본질이었고 매듭이 없었으며

물과 같이 맑았습니다.

육체 안에 든 의미 없는 영혼은 의심할 여지없이 칼집에 든 나무칼과 같습니다.

나무칼을 꺼낸다고 해도 고작 땔감의 용도밖에 되지 못합니다. 전투에 나무칼을 들고 가지 마십시오. 당신의 칼을 먼저 확인하지 않으면 곤경에 처하게 될 것입니다. 당신의 칼이 나무로 만들어진 것이라면 다른 칼을 찾으십시오. 하지만 제대로 된 칼이라면 용감하게 앞으로 전진하십시오.

석류를 산다면 웃고 있는 것을 사십시오. 그 웃음이 씨앗이 되어 새로운 소식을 전해줄 것입니다.

웃고 있는 석류가 정원을 웃게 하듯 지혜로운 자와의 대화는 나를 지혜롭게 합니다.

당신이 아름다운 대리석이라면 당신 마음의 주인에게
닿아 보석이 될 것입니다.

영혼에 순결한 사랑이 흐르는 자에게 마음을 주십시오.
선한 사랑이 없는 자에게는 마음을 주지 마십시오.
절망이 있는 곳으로 가지 마십시오. 희망은 분명 존재합
니다.
어두운 곳을 향하지 마십시오. 태양은 분명 존재합니다.
마음은 당신을 마음의 근원인 곳으로 이끌고, 육체는 당
신을 물과 진흙의 감옥으로 이끕니다.
사랑하는 사람과의 대화를 마음의 양식으로 삼고 행운
이 함께하는 자에게 가서 행운을 구하십시오.

신이 우리의 잘못을 드러내기 원할 때

우리가 선한 자를 비난하게 하고

신이 우리의 잘못을 덮기 원할 때

우리가 부정한 자를 비난하지 못하게 한다.

신이 우리를 돕기 원할 때 우리를 슬프게 한다.

아! 눈물이 멈추는 것은 그가 흘린 눈물 때문이다.

아! 마음이 행복한 것은 그가 자신을 태웠기 때문이다.

모든 눈물의 끝은 결국 웃음이다.

그 끝을 볼 수 있는 축복받은 자는 그의 사람이다.

물이 흐르는 곳은 어디든 푸르른 것처럼

눈물이 흐르는 곳은 어디든 축복이 있다.

물레방아가 돌 듯이 더 많은 눈물을 흘리고

더 많이 아파하라.

영혼의 정원이 초원과 같이 푸르러질 것이다.

눈물을 원한다면 눈물 흘리는 자에게 자비를 베풀라.

자비를 원한다면 약한 자에게 자비를 베풀라.

개는 자신의 주인 앞에서는 애교를 부리지만

낯선 이에게는 사자가 되어 맹렬하게 공격합니다.

나는 당신에게 복종하는 것에서는 개와 다르지 않고

당신은 내 인생에 있어서 나의 주인과 다르지 않습니다.

만약 불같은 성미가 우리를 고통스럽게 한다면

주인의 명령에 따라 그것을 태워 없애고

만약 우리의 정열적인 성미가 기쁨을 준다면

그것은 우리의 주인이 그 안에 기쁨을 둔 까닭입니다.

당신이 슬플 때는 그에게 용서를 구하십시오.

슬픔은 창조자의 명령으로 움직이는 것이니

그가 원할 때 당신의 슬픔은 기쁨이 될 것이고

당신의 발을 묶고 있는 끈에서 자유로워질 것입니다.

바람과 흙과 물과 불은 그에게 복종합니다.

우리에게는 죽어 있는 것이지만

그에게는 살아 숨 쉬는 것입니다.

그의 곁에서 불꽃은 언제나 타오를 준비가 되어 있으며

사랑과 같이 낮이고 밤이고 계속해서 타오릅니다.

욕망의 불꽃은 신실한 자들을 태울 수 없고

그렇지 않은 자들을 지하 깊은 곳으로 끌고 갑니다.

바다의 파도는 그의 명령이 있을 때 거세게 몰아쳐

이집트인들과 모세의 민족을 구별해 삼켰습니다.

물과 진흙은 그의 숨결이 닿을 때

날개를 펴 새가 되어 날아갑니다.

물과 진흙으로 그를 찬양하는 자들을 빚고

진실한 마음을 불어넣어 천국의 새가 되게 합니다.

당신에게는 건강한 다리가 있는데 왜 스스로 발을 저십니까?

당신에게는 아름다운 손이 있는데 왜 스스로 손을 감추십니까?

그가 우리의 손에 삽을 쥐어준 의도는 말할 것도 없이 명백합니다. 우리에게 준 삽은 그의 손이 가리키는 것과 같습니다.

마지막을 생각하는 깃은 그의 가르침입니다. 가르침을 마음으로 받아들이고 목숨을 다해 따르십시오.

그렇다면 당신에게 많은 비밀을 알려줄 것입니다.

당신의 짐을 덜어주고 당신에게 명예를 줄 것입니다. 당신에게 짐이 있다면 신의 임무를 받은 것이고, 그의 가르침을 받아들인다면 축복을 받는 것입니다.

그의 명령을 따른다면 그의 사람이 될 수 있다는 것이
고, 그와 함께하고 싶다면 그에게 연결될 것입니다.
그가 주신 축복에 감사하도록 노력하는 것은 당신의 힘
이 될 것이고, 축복을 부정하는 것은 당신에게 제약이
될 것입니다.
당신의 힘에 감사하는 것은 당신을 더욱 강하게 하고,
축복을 부정하는 것은 당신의 힘을 없애는 것입니다.
당신을 부정하는 것은 위험한 길에서 잠드는 것과 같습
니다.

그곳에서 잠들지 마십시오. 열매가 가득한 나무 아래가

아니고서는 잠들지 마십시오.

매 순간 바람이 가지를 흔들어 잠자는 당신의 머리 위로

달콤한 열매를 떨어뜨려 줄 테니.

그는 노력하는 과정에서의 모든 어려움도 옳게 만드십니다. 모든 상황에서 당신의 계획은 착실히 이루어질 것입니다. 선한 자들이 한 모든 일은 선한 것입니다.

당신의 모든 결점은 점점 채워질 테니 계속해서 노력하십시오.

노력은 운명에 저항하는 것이 아니라 운명이 당신에게 선물한 것입니다.

매일 조금씩 노력한다면 남은 날들에 웃게 될 것입니다.

악한 자는 세상이 따르는 것을 따르고 선한 자는 세상이 따라오도록 합니다.

속임수는 이 세상에서 무가치하며 죽음으로 들어가는 문입니다. 감옥에서 탈출하기 위해 구멍을 파고 다시 그 구멍을 막는 것과 같습니다.

이 세상이 감옥이고 우리가 죄수라면 노력이라는 구멍을 파서 탈출하십시오.

노력에 대한 회의감을 부인하는 것에 최선의 노력을 다하십시오.

아! 친구들이여!

그가 나에게 영감을 주었네.

약한 자에게는 강인한 판단력을 주시네.

꿀벌에게 가르쳐주는 지혜를 사자와 얼룩말에게는 가르치시지 않네.

꿀로 가득한 집을 지을 수 있도록 꿀벌에게 지혜의 문을 열어주시네!

그가 누에고치에게 가르쳐주는 것을 코끼리가 알 길이 있겠는가?

이 모든 세계가 형상이라면 그것의 영혼은 지혜입니다.

인간은 이 지혜로 바다와 산과 땅의 생물들을 무력하게 만듭니다.

인간 앞에서는 사자도 표범도 쥐가 되어 벌벌 떨고, 고래도 바다도 도망갑니다.

요정도 악마도 도피처를 구하고 숨을 곳을 찾습니다.

하지만 인간에게도 보이지 않는 셀 수 없이 많은 적들이 있으니 주의 깊은 인간이 곧 현명한 사람입니다.

우리 안에 보이지 않는 선과 악의 존재가 있습니다.

그것들은 매 순간 우리의 마음을 움직이기 위해 유혹합니다.

당신이 정화 의식을 위해 강가에 나가 몸을 씻는다면 물 안의 가시가 당신을 찔러 상처 낼 것입니다.

만약 바닥에 숨겨진 가시가 있다면 그것이 당신을 찌를 때에야 그곳에 가시가 있음을 알 것입니다.

가시에는 영감의 가시와 욕망의 가시가 있습니다. 한 개의 가시가 아닌 수천 개의 가시가 당신을 찌릅니다.

당신의 감각이 변화하여 그것들을 구별할 수 있을 때까지 기다리십시오. 누구의 말을 거절해야 하는지, 누구의 말을 따라야 하는지 알게 될 것입니다.

여행과 재산과 종교, 이 세 가지에 대해서는 최대한 말
을 아끼십시오. 그것을 알고 있는 많은 적이 수풀에 숨
어 당신을 기다릴 것입니다.

만약 한 명에게라도 이것에 대해 말한다면 당신의 비밀
에 작별을 고하십시오. 그들을 타고 사방으로 퍼져나갈
것입니다.

만약 몇 마리의 새를 잡아 묶어둔다면 슬픔에 속박당한
채 땅 위에 머무는 것처럼 보일 것입니다. 하지만 그 새
들은 당신을 속이고 비밀스럽게 공모하여 도망갈 궁리
만을 할 것입니다.

보이는 것으로는 진실을 알 수 없습니다.

예언자도 조언할 때는 비밀스럽게 행하였고, 그에게 조

언을 구하는 자도 자세한 이야기는 하지 않았습니다.

적이 발을 들이지 못하도록 조심스럽고 은밀하게 조언을 주었고, 조언을 얻은 자도 그 내용을 다른 이들이 냄새 맡지 못하도록 하였습니다.

모세는 강하고 거대한 군대를 가진 파라오를 나일강으로 죽였고, 모기는 니므롯*의 두개골을 반쪽 날개로 무자비하게 갈랐다.

적의 약속을 믿는 자는 적의 친구가 된 응징을 받는다. 파라오는 하만**의 말을 들었고 니므롯은 사탄의 말을 들었다.

적이 아무리 그대에게 선의로 말한다 해도, 아무리 그대에게 보상을 말한다 해도 그것이 미끼임을 알라!

그대에게 달콤한 것을 준다 해도 그 안의 독을 알라!

몸을 쓰다듬는다 해도 그 안의 증오를 알라!

운명이 올 때는 껍데기 말고는 볼 수가 없다.

*바빌로니아의 전쟁의 신.
**코란에 등장하는 파라오의 친구.

적을 친구와 구별할 수 없을 때는 울며 기도를 시작하라. 고통에 신음하고 그를 찬양하고, 단식하라. 신음하며 말하라.

당신은 보이지 않는 것들을 가장 잘 아는 분이십니다.
나쁜 속임수의 돌로 우리를 부수지 마십시오.
아! 우리를 사자로 창조하신 자여.
우리가 개의 행동을 한대도 수풀 안에 우리를 공격할 사자를 두지 마시옵소서.
물에 불의 형상을, 불에 물의 형상을 주지 마시옵소서.

내가 덫을 보지 못했다면 그것은 그렇게 될 운명이었기 때문입니다.

운명의 결정 앞에서 무지한 자가 나 혼자만은 아닐 것입니다.

그 안에서 선한 길을 알게 되니 또한 얼마나 행복합니까.

자신을 내려놓고 울 수 있는 자는 얼마나 행복합니까.

운명이 뒤덮을 때는 당신을 한밤처럼 어둡게 하지만 결국 마지막에는 당신의 손을 잡아줄 것입니다.

만약 운명이 수백 번이고 당신의 목숨을 뺏으려 한다면 그것은 당신에게 새로운 생명을 주고 당신을 치료하고자 위함입니다.

만약 운명이 길 위에서 수백 번 당신을 막아 세운다면

하늘 위에 당신의 거처를 마련해주기 위함입니다.

만약 운명이 당신을 두렵게 한다면 그것은 그의 자비로움을 알게 하기 위함이고, 그의 안전한 왕국의 존재를 알게 하기 위함입니다.

당신이 보이지 않는 것에 주문을 외우면 그것은 그 순간 기쁘게 떨며 존재하는 것이 되고, 다시 한 번 존재하는 것에 주문을 외우면 그것은 그 순간 존재하지 않는 것이 됩니다.

당신이 꽃의 귀에 속삭이면 꽃이 웃고, 돌에 속삭이면 보석이 되고, 육체에 속삭이면 영혼이 됩니다.

당신이 태양에 속삭이면 태양은 밝게 빛나고, 구름의 귀에 속삭이면 눈물 같은 비를 내리고, 땅의 귀에 속삭이면 대지는 사려 깊게 평온해집니다.

우리가 무지할 때 그 무지는 우리의 감옥이 된다.

우리가 지혜로울 때 그 지혜는 우리의 성채가 된다.

우리가 잠들 때 우리는 그에게 취하고

우리가 깨어 있을 때 우리는 그의 손안에서 안전하다.

우리가 울 때 우리는 그의 구름이 흩뿌리는 비가 되고

우리가 웃을 때 우리는 그의 햇살로 가득하다.

분노와 다툼이 있을 때 그것은 그의 분노의 반향이고

평화와 용서가 있을 때 그것의 그의 사랑의 반향이다.

아! 고귀한 자여!

이 슬픈 새의 기억을 마시고 초원 한가운데서 아침에 깨어 그 취기를 느껴주기를.

친구에게 기억되는 친구라는 것은 행복입니다. 아! 당신이 사랑하는 이들과 함께 즐거울 때 나는 나의 피로 가득한 잔을 마십니다.

나의 기억을 한 모금 마셔주기를. 만약 그렇지 않다면 그 모든 기억을 나에게 주기를. 그렇지 않다면 적어도 나의 기억을 땅 위에 한 모금 흩뿌려주기를.

그 약속과 그 맹세는 어디로 간 것입니까? 그 달콤하던 입술의 약속은 어디에 있는 것입니까?

우리의 이별이 혹시 나의 잘못에 있어 이러는 것입니까? 우리는 왜 이별한 것입니까?

아! 당신이 분노하고 다툼을 한대도 나에게는 하프의 선율보다 아름다울 것이며, 아! 당신이 억압한대도 나에게는 신의보다 선한 것이며, 당신의 복수가 나에게는 생명보다 좋은 것입니다.

당신의 불꽃은 불 그 자체이며 어떤 아름다움도 당신의 깊이를 담을 수 없습니다.

나는 당신의 관대함으로 나를 믿어 당신의 잔인함마저 거둘까 무서워 신음합니다.

나는 당신의 폭력과 당신의 다정함을 사랑하며, 당신의 반대되는 모든 것들을 사랑합니다.

만약 이 가시 같은 슬픔에서 벗어나 장미 정원에 도착한다면 나이팅게일처럼 정원의 아름다움을 이유로 슬프게 울 것입니다.

아름다운 나이팅게일은 입을 열어 장미와 가시를 함께 먹습니다. 어떻게 그럴 수 있을까요? 모든 슬픔이 당신의 사랑으로부터 행복이 되기 때문입니다.

당신은 모두를 사랑하고 그 자신이 모두입니다. 당신은 자신을 사랑하며 자신의 사랑을 좇습니다.

말은 갑자기 혀에서부터 뛰쳐나온다.

그것은 활에서 나오는 화살과도 같다.

아! 아들아, 쏘아진 화살은 되돌릴 수 없다.

급류를 막으려면 수원지를 막아야 한다. 수원지를 막지
않으면 온 세상을 집어삼킨다. 온 세상을 황폐화한대도
놀랍지 않은 일이다.

행동은 보이지 않는 것의 영향으로 발생한다. 우리는 결
과를 통제할 수 없다. 결과가 우리와 관련이 있다 해도
모두 협조자 없이 행하시는 신이 만든 것이다.

지혜의 문을 열어 말해진 것을 말하지 않은 것으로 만들
고, 그리하여 그것으로부터 고통받지 않게 한다.

모든 마음에서 모든 이야기를 소멸시키고 사라지게 한
다. 잊게 한다.

이 문장을 기억하라. 모든 것은 잊힌다.

그분의 능력이 망각하게 한다. 그분은 기억하게도 잊게도 할 수 있으므로 모든 창조물의 마음 위에서 강력한 힘을 가진다.

그분이 인식의 길을 망각으로 막을 때 아무리 선한 일이라도 그 일을 행할 수 없다. 마음의 주인은 육체를 통치할 수 있다.

마음의 주인이 너희의 주인이다.

어떤 의심도 없이, 보는 것이 행하는 것이다.

따라서 인간은 단지 나약한 아이일 뿐이다.

나는 이것에 관한 모든 것을 설명할 수 없다. 오직 그분만이 이것을 설명할 수 있다.

창조물의 기억과 망각은 그분과 함께하는 것이다. 그리

고 그분은 우리의 요청을 들어주신다.

그분은 매일 밤 우리의 마음에서 수없이 많은 선과 악을 비운다.

낮에는 조개가 자신을 진주로 채우듯 우리의 마음을 채운다.

그분의 안내를 통해 우리가 배운 모든 것들이 우리에게 머문다.

무지한 자의 사랑은 영원한 고통입니다.

당신의 얼굴을 보면 모든 어려움이 잊히고, 당신이란 강에서는 모든 더러움이 정화됩니다.

목놓아 당신을 부르는 것은 현존하는 자아와 이별하고 당신의 환영을 보기 위해서입니다. 그것은 당신을 사랑하기 때문이고 나는 그 사랑에 맞설 방법을 찾지 못했습니다.

신의 결정으로 수백 조각이 난 가슴을 갖지 않은 자가 어디 있겠습니까? 신의 사랑은 다른 모든 것과 다르며 모든 설명과 의문을 뛰어넘습니다.

아! 나의 눈물은 바다가 되고 내 마음은 아름다운 당신 위로 흩뿌려집니다.

아! 신이시여, 아! 신이시여! 아 신이시여! 당신은 구름에 가려져 있는 달과 같습니다. 숨을 쉴 때마다 마음의 불꽃은 더 활활 타오릅니다. 이별로 고통스러운 사자는 피를 흘리고 더욱 난폭해집니다.

술에 취하지 않아도 난폭한 자가 손에 술잔을 쥔다면 어떻게 되겠습니까? 언어로는 사자의 난폭함을 설명할 수 없고 사자의 난폭함은 넓은 초원도 뒤덮습니다.

나는 운율을 생각합니다. 그러자 나의 사랑하는 사람은 말했습니다. "나를 보는 것 외에는 아무것도 생각하지 말아요."

아름답게 앉아 있는 당신, 아! 운율을 떠올리게 하는 당신. 나에게는 당신이 그 운율의 주인입니다. 당신을 어떤 단어로 표현할 수 있을까요? 단어는 그저 덩굴 벽의 가시와도 같습니다. 언어를 버린다 해도 나는 당신과 이야기할 수 있습니다.

모든 왕은 자신의 노예의 노예이고, 모든 사람은 자신을 위해 죽을 수 있는 사람을 위해 죽을 수 있습니다. 모든 왕은 자신에게 복종하는 사람 앞에 복종하고, 모든 사람은 자신에게 취한 사람에게 취합니다.

사냥꾼은 새가 자신을 사냥하게 하여 새들을 사냥합니다. 사랑받는 자는 온 영혼을 다해 사랑해줄 사람을 찾고 모든 사랑하는 자는 사랑받는 자의 먹잇감이 됩니다. 사랑받는 자가 있다면 사랑을 주는 자가 있음을 알아야 합니다. 당신은 사랑받는 사람입니까, 사랑을 주는 사람입니까?

목마른 자가 물을 찾는 것처럼 물도 온 세상을 뒤져 목마른 사람을 찾습니다. 그러니 그분이 당신을 사랑할 때

받아들이십시오. 그분이 당신의 귀를 원할 때 귀를 내어
주십시오. 강이 범람하여 넘칠 때, 그것을 막아내지 않
으면 강물은 온 세상을 뒤덮어 황폐해질 것입니다. 하지
만 그 아래에서 찬란한 금은보화를 발견한다면 내게 슬
픔이 존재하겠습니까?

그분 안에 침몰하는 것이라면 나는 더욱 깊이 침몰하겠
습니다. 바다에 가라앉아도 곧 다시 떠오르기 때문입니
다. 바다 아래에서 더 행복하겠습니까, 아니면 바다 위
기 더 행복하겠습니까? 활이 되는 것이 더 매력적입니
까, 아니면 방패가 되는 것이 더 매력적입니까?

기쁨과 재앙을 구별할 줄 알아야 합니다. 잘못된 생각은
찢어버리십시오. 당신의 소망이 설탕같이 달콤하다 하

더라도 그분이 원하는 것이 아니라면 그것을 소망하지 마십시오. 하나의 별이 뜨기 위해서는 수백 번 새롭게 떠오르는 달이 피를 흘려야 합니다. 그분을 위해서라면 온 세상이 피로 젖어도 괜찮습니다. 우리는 그분의 피로 생명을 얻었으니 우리의 생명을 내놓을 수 있습니다.

아! 사랑하는 자들의 생명은 죽음에 있습니다. 마음을 버리지 않으면 마음을 얻을 수 없습니다.

나는 사랑하는 사람의 마음을 얻기 위해 끝없는 애정을 쏟지만, 그는 의심만을 보이며 내 마음을 고통스럽게 합니다.

나는 그가 무슨 생각을 하는지 알 수 없습니다. 아! 의심하는 자에게 어떻게 사랑하는 사람이 보이겠습니까?

아! 욕심이 많은 자여! 아주 쉽게 얻었기 때문에 당신은 그분의 가치를 제대로 모르고 있습니다. 무엇이든 헐값에 사면 헐값에 되팔 수 있습니다. 아이는 한 덩이의 빵을 위해 보석을 내놓습니다.

나는 사랑에 침몰했습니다. 너무 깊이 빠져 시작과 끝을 알 수 없습니다. 내 사랑을 설명할 수 없습니다.
나는 아니라는 말 대신에 그럼에도 불구하고라 말합니다. 나는 행복한 사랑 때문에 고통스럽고, 하고 싶은 말이 너무 많기에 침묵합니다.

그의 낮 없이, 그의 빛나는 오후 햇살 없이 어떻게 밤이 될 수 있겠는가?

그의 불친절함도 내 영혼에는 행복이다. 내 영혼은 사랑하는 그를 위해 희생한다. 나는 나의 고통과 나의 아픔을 사랑한다.

나의 유일한 왕을 기쁘게 하기 위해서 슬픔의 가루들을 모아 소르메*를 만들어 눈에 바르고, 바다 같은 두 눈을 진주로 가득 채운다. 사람들이 그를 위해 흘리는 눈물은 진주이다. 눈물은 눈물 흘리는 사람이다.

나는 내 영혼의 영혼을 불평한다. 하지만 사실은 그저 이야기하는 것이다.

*휘안석 가루를 물과 섞어 쓰는 이란의 전통 아이라이너.

마음은 계속해서 그로 인해 고통받는다. 하지만 나는 그 모순에 웃음을 지을 뿐이다.

사랑의 푸르른 정원은 끝이 없다. 슬픔과 기쁨 이외에도 그 안에는 많은 열매들이 열린다.
사랑은 슬픔과 기쁨의 상태보다 더 높은 것이다. 봄이 없어도 가을이 없어도 푸르고 신선하다.

애정을 담은 눈으로 보는 자의 그 눈길이 마음에 내려앉아 나를 새로이 끓어오르게 한다.
그가 나를 피 흘리게 한대도 나는 그를 용서할 것이다.
그가 나를 떠난대도, 먼지와도 같은 나의 슬픔을 떠난다고 해도 나는 계속해서 용서를 말할 것이다.

당신은 슬픈 자의 마음에 왜 슬픔을 홀리십니까?

아! 매일 새벽, 동쪽에서 떠올라 동쪽의 아름다운 샘처럼 빛나네.

당신을 사랑하는 이에게 변명만을 하지만 아! 당신의 변명조차 입술처럼 달콤하네.

아! 당신은 오래된 세상의 새로운 영혼. 마음과 영혼이 없는 육체의 울음소리를 들어라.

그를 위해 꽃의 이야기가 아닌 꽃과 이별한 나이팅게일의 이야기를 들어라. 우리의 감정은 기쁨과 슬픔에서 오는 것이 아니다. 우리의 의식은 상상과 환상에서 오는 것이 아니다.

또 다른 차원의 의식이 존재한다. 이것은 찾기 힘든 것이다. 의심하지 말라. 신은 전지전능하시다.

인간의 상태를 판단하지 말라. 인간의 악행과 선행 안에
갇히지 말라. 악행과 선행, 고통과 기쁨은 영원하지 않
다.
존재하는 것들은 죽는다. 신만이 영원하다.

아! 아침의 피난처. 이 우주의 모든 이성과 영혼의 간청
을 들어주는 자, 당신입니다. 영혼의 영혼이자 빛나는
산호는 당신입니다.
당신의 빛으로 작열하는 아침을 맞이하고 당신의 와인
에 취합니다.
당신이 주신 그 와인은 나에게 기쁨을 불러옵니다.

와인이 우리에게 취하는 것이지, 우리가 와인에 취하는

것이 아닙니다.

몸은 우리로 인해 존재하는 것이지, 우리가 몸을 통해 존재하는 것이 아닙니다.

우리는 벌과 같고 몸은 벌집과 같습니다. 벌이 벌집을 만드는 것처럼 우리가 우리의 몸을 만드는 것입니다.

상인은 고통과 아픔과 그리움 속에서 백 갈래로 흩어진 마음을 이렇게 말했다.

때로는 자기 모순적이다. 때로는 아양을 부린다. 때로는 갈망한다. 때로는 진실을 열망한다. 때로는 비현실적이다.

물에 빠진 남자는 살기 위해 어떤 지푸라기에라도 손을 뻗는다. 위험 속에서는 무엇이 손을 잡아줄지 모르기 때문에 차가운 공포 속에서 무작정 손과 발을 뻗는다.
하지만 당신의 친구인 그분은 당신의 불안을 사랑한다.
헛된 노력이 가만히 있는 것보단 낫다.
그분은 왕이며 그분은 무능하지 않다. 그분으로 인한 고통은 신성한 것이지, 병이 아니다.

자비로운 그가 말씀하시길, "아! 아들아, 매일 너희들의 부름에 응답하기 위해 바쁘구나. 이 길 위에서 너는 긁히기도 상처를 입기도 하겠지만 마지막 숨을 쉴 때까지 매 순간에 집중하여라. 마지막까지 신의 자비가 너와 함께하여 그 순간의 주인이 될 수 있도록 하여라. 남자든, 여자든 그 누구라도 노력하는 자와 나는 함께 있을 것이다."

앵무새가 나에게 조언해주기를, "노래의 은혜와 주인에 대한 우정에서 벗어나라. 그는 너의 목소리 때문에 너를 가두어두는 것이다."

앵무새는 스스로 죽음에 이르며 이 조언을 해주었습니다. 즉 재능이 평범하든 특별하든 그것으로 인해 죽는다는 것입니다. 그것에서 벗어나야 자유로워질 수 있습니다.

만약 씨앗이라면 작은 새들이 와서 쪼아 먹을 것이고, 꽃봉오리라면 어린아이들이 꾈을 것입니다.

씨앗을 숨겨야 완전한 작물이 되고 꽃봉오리를 숨겨야 지붕의 덩굴이 될 수 있는 것입니다.

누구라도 자신의 아름다움을 자랑한다면 수없이 많은

나쁜 운명이 그를 향할 것이고, 사악한 눈과 분노와 질투가 그의 머리 위에 폭포수처럼 쏟아져 내릴 것입니다. 적들은 질투심으로 그를 갈기갈기 찢고 심지어 친구도 그의 생명을 뺏을 수 있습니다.
봄의 파종을 모른다면 이 인생의 가치를 어떻게 알겠습니까?

수없이 많은 은혜를 영혼들에 쏟아주는 신의 피난처로 도망쳐야 합니다.
그런 피난처를 얻는다면 물과 불이 당신의 호위병이 될 것입니다.
노아와 모세에게 바다가 친구가 되어주는 것을 보았습니까? 그들의 적에게는 강력한 장애물이었습니다.

불은 아브라힘에게는 강력한 요새가 되어주었고 니므롯에게는 마음에 연기를 피웠습니다.

시나이 산*은 야흐야**를 부른 것이 아니라 그의 적들에게 돌을 굴려 상처 입혀 도망가게 한 것입니다.

*이집트에 있는 성스러운 산. 코란에서 무하마드가 이 산을 두고 맹세한다.
**코란에 나오는 선지자.

몸은 영혼을 가두는 새장이고 몸은 영혼을 할퀴는 가시가 된다. 영혼을 할퀴면 내면의 악함을 자극한다.

어떤 사람은 당신에게 친구가 되어주겠다고 말하고, 어떤 사람은 당신에게 동반자가 되어주겠다고 말한다.
어떤 사람은 당신에게 당신과 같은 아름다움과 우아함과 친절함과 재능을 가진 존재는 없다고 말하고, 어떤 사람은 당신에게 현실 세계와 영혼의 세계 모두가 당신이며, 우리 영혼은 당신 영혼에 비교하면 보잘것없다고 말한다.

당신은 사람들이 자신에게 취해 있는 것을 볼 때 오만해져 통제력을 잃는다.

악마가 물에 타놓은 수천의 파괴를 알지 못한다.

세상의 칭찬과 위선은 맛있는 음식과도 같다. 적당히 먹어야 한다. 불로 가득 차 있기 때문이다. 그 불은 숨겨져 있지만, 맛은 분명하다. 마지막에는 연기가 명백히 보일 것이다.

내가 그것을 알고도 어떻게 그 음식을 먹겠는가? 말하지 말라. 당신은 칭찬을 열망하고, 아마 그것을 먹을 것이다.

비꼬는 자가 대중 앞에서 당신을 욕보인다면 그가 단순한 실망감에서 그 말을 했대도, 당신을 해하려는 의도가 없었다 해도 오랫동안 당신의 마음은 불탈 것이다. 마음에 오래 머물 것이다.

칭찬도 이와 같다. 오랫동안 머물며 영혼을 속이고 거만함의 근원이 될 것이다.

칭찬은 언제나 달콤해서 스스로 드러나지 않을 수 있지만 악은 언제나 쓰기 때문에 스스로 드러난다.

비난은 쓴 음식과 약처럼 그것을 삼키면 오랫동안 고통과 그 맛이 남는다.

하지만 할버*를 먹는다면 그 맛은 일시적이라 오래가지 않는다. 지속되지 않아서 지속된다.

모든 반대되는 것에 대하여 그것에 반대되는 것을 알아야 한다.

설탕의 맛은 오래가지 않기에 계속해서 더 달콤한 것을

*곡물 가루를 뭉쳐 만든 이란·아랍의 달콤한 전통 디저트.

찾게 된다.

파라오는 넘치는 칭찬으로 인해 폭군이 되었다.

가능하면 황제가 되지 말고 노예가 되어라. 그렇지 않으면 상처받을 것이다.

방망이가 되지 말고 공이 되어라. 그렇지 않으면 우아함과 아름다움이 더는 함께하지 않을 것이며 친구들도 떠날 것이다.

이첨하는 사람들은 당신을 보고 악마라 할 것이다.

모두가 당신을 바라보면서 망자가 무덤에서 살아 돌아왔다고 할 것이다.

수염이 자라지 않는 영원한 젊음처럼 당신을 우러러본대도 이런 위선이 당신을 덫에 가둘 것이다.

만약 그 수염에 악명이 붙는다면 악마도 좋은 것을 부끄러워할 것이다.

악마는 약한 사람에 끌린다. 악마는 자신보다 더 악한 당신에게 끌리지 않는다. 당신이 사람인 한, 악마는 당신의 주위를 맴돌 것이며 자신의 와인을 맛보라 권할 것이다.

당신의 천성이 굳건하게 악마가 된다면 악마는 당신으로부터 달아날 것이다.

당신의 치맛자락에 매달려 있던 악마는 당신에게서 벗어나 당신으로부터 도망칠 것이다.

우리 앞에 놓인 여행길에 신의 보살핌이 없다면 우리는
아무것도 아닙니다.

신의 자비가 없다면 신이 선택한 천사라 해도 그들의 여
행길이라는 책은 모든 페이지가 검을 뿐입니다.

오! 신이시여. 당신의 능력은 우리의 모든 필요를 충족
시키고 당신이 함께하신다면 다른 누구도 필요하지 않
습니다.

당신의 안내를 받음으로써 셀 수 없이 많은 우리의 잘못
을 덮어주십니다.

당신이 내려주신 지혜 한 방울은 당신의 바다로 흐르고,
내려주신 지식 한 방울은 제 영혼 안에 있습니다.

이 진흙이 그것을 흡수하기 전에, 이 바람이 그것을 실
어 가기 전에 육체와 공기를 통해 우리에게 전달됩니다.

설령 그 지식을 흡수한다 해도 당신은 그것들을 우리에게 되돌려주십니다.

바람이 데려간 그 한 방울 혹은 땅이 흡수한 그 한 방울이 어떻게 당신의 전지전능함을 벗어날 수 있겠습니까?

만약 그것이 존재하지 않는대도, 백 번을 존재하지 않는대도 당신이 부르면 다시 되돌아올 것입니다.

욕심을 채우기 위해 헤매는 자는 욕심의 인질이 된다.

아! 욕심을 따르는 자, 그것을 채우기 위해 헤매는 자여.

욕심을 채우기 위한 마음은 가시와도 같아서 손바닥에 계속해서 가시가 돋는다. 하지만 어디에도 가시와 가시의 그림자는 존재하지 않는다.

당신의 욕심으로 그렇게 보이는 것이다. 당신을 해하는 것임에도 욕심에 눈이 멀어 달콤한 대추야자로 보인다.

가시를 깨달아라. 욕심을 채우는 자의 영혼은 장미 정원에 있는 것과 같아서 영혼의 빛이 가시에 찔려 상처투성이가 된다.

흐드러지게 핀 장미들이 바로 그대 등 뒤에 있다. 그의 숨결로 당신의 마음속에 수백 송이의 장미를 키울 수 있다. 하지만 당신의 천성은 가시를 향하니 가시로 뒤덮인 장미를 꺾을 수 있겠는가?

장미를 찾아 여기에서 저기로 또 얼마나 오래 정원을 찾아 헤맬 것인가? 그대의 발에서 가시를 빼내기 전에는 아무것도 보이지 않을 것이다.

여성과 남성의 성별을 넘는 더 우월하고도 고귀한 존재
가 영혼입니다.

영혼은 음식으로 배부르지 않습니다. 영혼은 기쁜 일을
행하는 자이며, 기쁨이며, 기쁨의 정수입니다. 기쁜 일
을 하지 않는다면 기쁨은 없습니다.

아! 뇌물로 배부른 자여! 맛있는 음식을 먹고 행복하다
면 그 행복함은 쉽게 사라집니다.

하지만 희생을 통해 행복을 찾는다면 그 행복이 어찌 쉽
게 사라지겠습니까?

보이지 않는 세상에는 또 다른 구름과 비가 있습니다.
또 다른 하늘과 태양이 있습니다.

새로운 것을 키우는 비가 있고 오래된 것을 죽이는 비가
있습니다.

봄비는 정원을 풍요롭게 하고 가을비는 정원을 불태웁
니다. 봄비는 온화하게 정원을 키우고 가을비는 맹렬하
게 정원을 시들게 합니다.

추위와 바람과 태양도 이처럼 대상에 따라 다른 역할을
합니다.

그의 숨결은 봄과 같아서 마음과 영혼을 키우고 푸르게
합니다. 봄비처럼 그의 숨결로 나무에 선한 축복이 열리
게 합니다.

말라가고 있는 나무를 본대도 바람 탓을 하지 마십시오.

바람은 자신의 역할을 하며 그저 묵묵히 불 뿐입니다.

그 나무를 마르게 해야 했을 뿐입니다.

나의 친구들이여!

봄의 추위로부터 몸을 감싸지 마십시오.

당신이 당신의 영혼에 그러하듯, 봄도 나무들에 그렇게 합니다.

하지만 가을 추위로부터는 달아나십시오.

당신이 하는 것처럼, 바람도 정원과 포도 덩굴에 그렇게 합니다.

무지한 자들은 겉을 보는 것으로 만족합니다. 그들은 산을 보고도 그 안의 광물을 보지 못합니다.

그에게 가을은 열매와 그 열매를 맺기 위한 열망입니다.

이성과 영혼은 봄의 정수이며 영원한 생명력을 의미합니다.

당신 안에 부분적 이성이 숨겨져 있습니다. 하지만 이 세상은 완전한 이성을 가진 그를 따릅니다. 그의 완전한 이성으로 당신의 부분적 이성도 완전해집니다.

우주적 이성은 육신의 목에 거는 쇠사슬과 같습니다. 순결한 숨결은 봄과 같아서 포도 덩굴과 나뭇잎에 새로운 생명을 줍니다. 그러니 몸을 감싸지 마십시오.
따뜻하게 이야기하든 차갑게 이야기하든 좋은 점만 받아들이십시오. 사언의 차가움과 뜨거움에서도 자유로워질 수 있습니다.
그의 추위와 따뜻함은 새로운 봄이 주는 생명입니다. 진실함과 믿음과 봉사의 근원입니다.
영혼의 정원은 그를 통해 살아 있고 마음의 바다는 진주로 가득합니다.

셀 수 없이 많은 슬픔이 우리 마음에 가라앉아도 우리

마음의 정원에는 내려앉지 못할 것입니다.

당신이 부르는 자는 세상의 모든 일에서 벗어나고, 당신으로부터 소명을 부여받은 자도 하던 일을 멈춰야 합니다.

이런 비밀을 알지 못하는 자가 어떻게 당신의 소리를 들을 수 있겠습니까?

당신이 부를 때 '네'라고 대답하는 것은 마음에서 하는 것이 아니라, 우리의 계약에 의해서입니다.

우리는 '아니오'라고 말할 수 없습니다.

마음에 악마가 있는 자는 의심한다. 모든 눈먼 자들은 이 의심에 빠진다. 이성만을 맹신하는 자들의 지팡이는 쉽게 부서지는 나무와도 같다.

맹인의 다리는 지팡이다. 맹인이 지팡이를 통해 길을 보는 것은 앞을 훤히 내다보는 그의 보호가 있기 때문이다. 그들은 씨를 뿌리고 수확할 수 없고, 집을 지을 수도 돈을 벌 수도 없다.

만약 그의 자비와 은혜가 없다면 이성을 맹신하는 자들의 지팡이는 부서질 것이다.

이 지팡이는 무엇인가? 논리와 추론이다.

이 지팡이를 준 자는 누구인가? 모든 것을 보는 자이다.

지팡이가 분란과 싸움의 원인이니 잘게 부숴버려라.

아! 눈먼 자여!

그가 지팡이를 준 이유는 오직 그에게 오게 하기 위함이다. 하지만 그대는 분노에 휩싸여 지팡이를 휘두르기만 하는구나.

지팡이로 눈을 뜨라. 당신에게 지팡이를 준 자의 품을 향하라. 그리고 모세가 지팡이로 행한 기적을 보라.

신이 주신 생명과 그 하루의 소중함을 이 세상 사람들은 모릅니다. 인생의 매 순간을 낭비하고 결국 모든 숨을 낭비합니다.

생명의 신선함이 잘게 부서지고 마음의 씨앗이 마르기 시작하면 나의 마음도 죽고 맙니다.

아! 신이시여, 도움을 요청하는 자의 이 외침을 들어주십시오. 당신이 아니라면 그 누구도 저를 도울 수 없습니다. 당신은 나보다 더 나와 가까운 분입니다.
이것의 의미는 나의 숨이 당신에게서 온다는 것이고, 나의 숨이 끝날 때 그곳에 당신이 있다는 것입니다.

나를 금처럼 귀하게 여기시는 당신. 내 눈은 내가 아니
라 당신을 향해 있습니다.

어떤 탐색은 탐색을 뛰어넘는 것입니다. 어떤 감정과 말
은 감정과 말을 뛰어넘는 것입니다.

그것은 당신이라는 아름다움의 바다에 빠지는 것입니
다. 당신의 바다에서 익사하는 것이 아니라 바다의 존재
를 알게 하기 위함입니다.

부분적 이성은 우주적 이성에 대해 말해주지 않고, 구하
고 또 구하지 않으면 알 수 없습니다. 구하고 또 구하면
바다의 파도가 이곳에 닿아서 우리 눈의 장막을 걷어 우
리를 기쁘고 즐겁게 할 것입니다.

사냥할 때는 수풀을 열어봐야 합니다. 세상을 비추는 태
양처럼 세상을 향해 열린 영혼을 가지고 있어야 합니다.
높이 뜬 태양은 온 대지에 생명력을 내뿜고 매 순간을

가득 채웁니다.

뜨거운 생명력으로 이 낡은 세상을 새롭게 합니다. 보이지 않는 세상에서 그 생명력이 우리의 영혼과 정신에 닿아 맑은 물처럼 흐를 것입니다.

베푸는 자에게는 계속하여 풍족하게 해주시고 그들이
베푸는 만큼 채워주십시오.

인색한 자에게는 아무것도 주지 마시고 그들이 인색한
만큼 빼앗아주십시오.

사랑에 있어 너그러운 사람은 많은 돈을 쓰는 사람이 아
니라 자신의 목숨을 줄 수 있는 사람입니다.

만약 나무의 잎이 진다면 영혼의 가난함을 보여주기 위
함입니다.

우리의 너그러움으로 아무것도 남아 있지 않대도 그의
자비로움이 당신 손을 가득 채울 것입니다.

씨앗을 심으면 씨앗 창고는 비겠지만 밭에서 곡식이 자
랍니다.

씨앗을 창고에 두기만 한다면 쥐가 와서 모조리 먹어버

릴 것입니다.

세상은 이런 일들로 가득합니다. 그의 공고한 사랑을 느껴보십시오.

현자들이 말하길, 여유로운 자의 손님이 되라 했다. 당신의 물건을 탐내는 자의 손님이 되지 말라 했다.

"우리는 지금 가난으로 고통받고 있으니 어떤 나그네도 우리에게 오지 않을 것이다. 우리의 외면은 우리의 내면을 보여준다."

악마도 자신을 악마라 하지 않는다. 천사의 말을 훔쳐 천사라고 믿게 만든다.

맛있는 음식을 가득 차려 굶주린 단순한 자들을 유혹해 배부르게 만들지만 실은 채워지지 않는다.

어떤 이들은 내일의 희망을 보지만 내일은 오지 않는다. 선한 것인지 악한 것인지 아는 데는 반드시 오랜 시간이

필요하다. 몸 안에 보석이 있는지 뱀과 개미가 가득한지
는 우리가 아무것도 가지지 않았을 때만 알 수 있다.

현명한 자는 부와 가난을 중요시하지 않습니다. 그것들 모두 파도처럼 왔다 가기 때문입니다. 낮은 파도든 높은 파도든 그것도 중요하지 않습니다. 머물지 않기 때문입니다.

이 세상의 모든 동물이 감정의 동요 없이 행복하게 살아갑니다. 나무 위의 비둘기는 아직 밤의 식량을 구하지 못했어도 신에게 감사하고, 나이팅게일은 먹이를 구할 수 있음에 신에게 감사의 노래를 부릅니다.

우리의 마음에 있는 모든 슬픔은 욕심에서 이는 흙먼지 같은 것입니다. 이 슬픔을 낫으로 베어내고 이 모든 고통이 죽음의 일부라는 것을 안다면 고통을 자신에게서 몰아내야 합니다.

죽음의 일부에서 도망치지 못하면 완전한 죽음이 당신의 머리 위로 쏟아질 것입니다. 죽음의 일부를 부정하지 않고 달콤한 것이라 여긴다면 삶 전체가 달콤해질 것입니다.

하지만 달콤함만을 좇는 자는 고통스럽게 죽고 육체적 쾌락만을 좇는 자는 자신의 영혼을 구할 수 없습니다. 양을 잡을 때는 가장 통통하게 살이 오른 양을 잡는 법입니다.

당신은 아직 젊고 용맹하기에 금을 찾아 헤매겠지만 이미 태어날 때부터 금이었습니다.

당신의 나무에 가득 열린 열매는 더 달콤해져야지 썩도록 놔두어서는 안 됩니다.

부부는 둘이고 인생을 함께하기 위해서 둘은 같아야 합니다. 서로 어울려야 합니다.

신발을 보십시오. 한쪽 신발이 너무 작다면 두 쪽 모두 신을 수 없게 됩니다.

미닫이문 두 짝 중 하나는 작고 다른 하나는 크다면 문을 닫을 수 있겠습니까?

밀림의 사자와 늑대가 서로의 짝이 될 수 있겠습니까?

낙타가 이는 등짐이 한쪽은 비어 있고 한쪽은 무겁다면 길을 갈 수 있겠습니까?

나는 단단한 마음으로 삶의 풍요로움을 보는데 당신은 어찌 그 반대로 가고 있단 말입니까.

부와 재산은 모자와도 같습니다. 대머리를 모자로 감추는 꼴입니다. 그대가 만약 아름다운 머릿결을 가졌다면 모자를 벗어야 훨씬 아름답습니다.

현명한 자는 눈과도 같아서 눈앞의 베일을 걷으면 훨씬 선명하게 볼 수 있습니다.

노예상은 노예를 거래할 때 노예의 결점을 가리는 옷을 벗깁니다. 만약 노예에게 결점이 있다면 어떻게 옷을 벗기겠습니까? 옷으로 가려 결점을 속일 수 없습니다.

상인이 노예의 옷을 빗기면 노예는 부끄러움에 도망갈 것입니다. 상인의 부유함이 그의 잘못을 덮을 것입니다. 그는 탐욕으로 자신의 잘못을 보지 못합니다. 탐욕을 아는 것은 인간의 마음과 연결되어 있습니다.

상인은 금으로 자신을 덮지만 걸인은 금과 같은 이야기

를 한대도 지혜를 팔 곳을 찾기 힘들 것입니다.

청빈함은 부와 재산을 뛰어넘는 것이기에 청빈한 자들은 그로부터 무한한 사랑을 받을 수 있습니다. 그는 정의롭고 공평합니다. 그러니 많이 가졌다고 해서 어찌 가지지 못한 자들에게 폭압적으로 굴 수 있겠습니까?

그래도 내가 가난을 자랑스러워하는 것이 잘못되고 헛된 일인 것입니까? 나의 가난은 보이지 않는 무한한 영광이자 기쁨입니다.

며칠만 가난을 체험해보십시오. 그 안에서 몇 배의 풍요로움을 만나게 될 것입니다.

가난의 고통만을 보지 마십시오. 자신의 삶에 만족하며 행복의 바다를 헤엄치는 수많은 사람을 보십시오.

고통을 겪고 있지만 장미 시럽의 장미같이 향기로운 수많은 사람을 보십시오.

낯선 이가 문을 두드리면 하렘의 여인들은 베일을 두르지만 친구가 찾아오면 쓰고 있던 베일을 벗습니다.

눈은 아름답고 신하고 기쁜 깃을 보기를 원합니다.

들리지 않는 자에게 하프를 켜서 무엇 하겠습니까?

사랑은 쓴 것도 달콤하게 만듭니다. 사랑의 근원은 성장이기 때문입니다.

분노는 달콤한 것도 쓰게 만듭니다. 쓴 것과 단것은 우리의 눈으로 구별할 수 없지만 최후의 순간이 다가오면 구별할 수 있게 됩니다.

마지막을 볼 수 있는 눈은 진실을 볼 수 있고 현재만을 볼 수 있는 눈은 오직 허상을 볼 뿐입니다.

설탕처럼 달콤한 것 안에도 독이 숨겨져 있고 현명한 사람만이 입술로 맛보지 않아도 냄새만으로 알 수 있습니다.

악마가 유혹해도 그의 목으로 넘어가기 전에 입술이 거부합니다.

현명하지 못한 사람은 온몸에 독이 퍼지고 나서야 그것

이 독인지 알게 됩니다. 독은 몸을 고통스럽게 하고 맛은 몸에 남아 장기를 불태웁니다.

어떤 이들은 며칠, 몇 달이 지나서야 그것이 독인지 알게 됩니다. 또 어떤 이는 죽어 무덤에 누워서야 알게 됩니다.

우리가 열망하는 모든 달콤한 것들은 그 안에 시간의 비밀이 숨겨져 있습니다. 루비가 아름답게 빛나고 광채가 나려면 수년의 햇살을 받아야 하고, 채소가 자라기 위해서는 두 달이, 장미가 자라기 위해서는 꼬박 일 년이 걸립니다.

뱀의 독이 약이 될 때가 있고 불신도 허락될 때가 있습니다. 덜 익은 포도는 떫지만 잘 익으면 아주 달콤해지고 항아리에 담겨 발효되면 훌륭한 식초가 됩니다.

현명한 자가 독약을 마시면 넥타가 되지만 미성숙한 자가 독약을 마시면 감각이 마비됩니다.

솔로몬 왕이 말했다. "신이시여, 이 왕국과 힘을 제 다음 사람에게는 주지 마십시오. 저 말고 다른 이에게는 은혜와 자비를 베풀지 마십시오. 남들에게는 부러움의 대상이겠지만 사실은 그렇지 않습니다."

그는 왕국을 통치하며 수백 가지의 위험을 보았다. 이 세상의 모든 왕국에서 공포를 보았다. 그 공포는 머리를 벨 수 있었고, 마음에 상처를 입힐 수 있었고, 믿음을 죽일 수 있었다.

솔로몬 왕은 자신과 같은 지혜를 가지고 있는 자만이 이런 끝도 없는 위험에서 벗어날 수 있다고 믿었다. 그런 힘을 가지고 있는 자라도 힘의 파도에 휩쓸려 가라앉을 수 있기에.

이런 슬픔이 그에게 내려앉을 때마다 그는 이 세상 모든 왕에게 연민을 느꼈고, 그들을 위해 자비를 구했다. "왕국과 그 왕국의 깃발을 완전한 자에게만 허락하소서."

만약 당신이 이상만을 소중하게 여긴다면 우리의 일상은 존재할 수 없습니다. 사랑을 실천하는 것은 다름 아닌 행동입니다.

그 축복을 보이지 않는 사랑을 보여주기 위해서 써야 합니다. 우리는 행동을 통해서만 마음속에 있는 사랑이라는 감정을 확인할 수 있기 때문입니다.

하지만 가끔은 우리가 확인하는 것이 진실일 때도, 거짓일 때도 있습니다. 우리는 와인을 마시고도 취하고 둑*을 마시고도 취할 수 있습니다. 둑을 마시고 취해도 와인을 마시고 취한 척할 수 있는 것입니다.

그것은 믿음에도 적용됩니다. 믿음을 보이기 위해 거짓

*전통 발효주.

으로 기도와 단식을 행할 수 있습니다.

행동은 보이지 않는 마음과 다를 수 있습니다. 하지만 마음속 깊은 사랑은 행동 없이도 스스로 드러납니다.

가족 간의 사랑은 일부러 보이지 않아도 느낄 수 있습니다. 마음속 사랑이 진실하다면 행동이 어떻게 보일지 혹은 어떻게 인정을 받을지 고민하지 않게 되는 것입니다.

이제 나는 당신에게 대항하기를 멈추겠습니다.

칼집에서 칼을 꺼내 내 목에 겨눈다 해도 당신이 옳다고 말하겠습니다.

당신이 무슨 말을 하든 나는 당신의 말을 따를 것입니다. 그것이 옳은지 아닌지 생각하지 않을 것입니다.

당신 안에서 나의 존재는 사라집니다. 내가 당신을 사랑하기 때문입니다. 사랑은 나를 귀머거리로, 맹인으로 만듭니다.

당신은 말씀하십니다.

"나는 높은 곳에도 낮은 곳에도, 그 어디에도 속하지 않는다. 나는 땅에도 하늘에도 속하지 않는다. 나는 오직 사랑하는 자의 마음에 존재한다.

나를 찾기 원한다면 사랑하는 사람의 마음을 보아라. 그 안에서 천국을 발견할 것이다."

박쥐가 만약 밝은 눈과 강한 햇빛에 견딜 수 있는 피부를 가졌더라면 낮에도 마음껏 날며 행복할 것입니다. 하지만 박쥐에게 밝은 눈과 강한 피부가 없는 것이 무기이듯이, 자비로운 왕이 전쟁터에 나갈 때 무기가 없음이 가장 강력한 무기가 되어줄 것입니다.

재능이 있다면 자신을 내세우게 되고 과신하게 합니다. 하지만 큰일을 해내는 데에는 자신의 무능함을 깨닫고 한없이 낮아질 줄 아는 지혜가 필요합니다.

자비는 도움을 구하는 자를 필요로 합니다.

자비는 약한 자를 찾고 그것은 선한 자가 깨끗한 거울을 찾는 것과 같습니다.

선한 자의 얼굴은 거울에 의해 아름다워 보이고 자비로운 자의 얼굴은 도움이 필요한 자에 의해 보이는 것입니다.

그가 말씀하시길, "도움이 필요한 자를 내쫓으려 소리치지 말라."

도움이 필요한 자는 자비로운 자의 거울이고 거울에 숨을 내쉬면 거울은 흐려집니다.

어떤 경우에는 자비로운 자의 자비가 도움이 필요한 자를 나타나게 하고, 또 어떤 경우에는 도움을 요청하지

않아도 도움이 필요한 자가 필요한 것 이상으로 자비를
베풀기도 합니다.

도움이 필요한 자는 그의 자비의 징표입니다. 도움이 필
요한 자는 그와 함께하고 그와 함께하는 자들은 그의 절
대적인 자비와 함께합니다.

현명한 자는 그림 속의 현자와도 같아서 재물을 좇지 않는다.

그림 속 개에게 뼈다귀를 던져 주어서 무엇 하겠는가?

거지는 빵을 원한다. 그는 지혜를 좇는 것이 아니다.

죽어 있는 그림 앞에 상을 차려서 무엇 하겠는가?

현자에게 재물이란 땅에 사는 물고기와 같다. 생김새는 물고기지만 바다로부터 자유롭다.

집에서 기르는 닭은 불사조가 아니다. 곡식을 먹지, 지혜를 먹지 않는다.

도둑이 지혜를 사랑한다면 그 이유는 재물을 얻기 위함이다. 도둑의 영혼은 신의 아름다움과 뛰어남을 사랑하는 것이 아니다.

만약 신의 본질을 사랑하는 것이라 상상한대도 그것은 본질이 아니라, 이름과 명성 때문이다.

어떻게 자신의 상상과 환상으로 사랑에 빠질 수 있을까? 사랑에 빠진 자의 상상이 진실한 것이라면 그것이 그를 진실로 이끌 것이다.

그림 속의 물고기에게 바다인들 땅인들 어디인지가 무엇이 중요하겠는가?

우리가 슬픔에서 자유롭다면 슬픈 표정의 *그림*에서도 웃는 얼굴을 발견할 것이다.

슬픔과 기쁨이라는 감정은 우리의 마음속에 있다. 슬픔과 기쁨이라는 감정은 그저 그림 속의 표정과 다름없다.

그림 속 얼굴이 웃고 있는지는 당신이 결정하는 것이다. 당신의 감정을 통해서 그림 속 얼굴이 이해된다. 이 세상의 그림은 밖에서 입는 옷과 같다. 당신이 밖에 있는 한 당신은 오직 옷만 볼 수 있다.

옷을 입고는 목욕탕 안에 들어갈 수 없다. 육체는 영혼을 가리고, 옷은 육체를 가린다.

빵을 구하기 위해 빵집에 갔다가 제빵사의 일하는 모습에 마음을 뺏깁니다.

아름다운 꽃을 보기 위해 정원에 갔다가 꽃을 손질하는 정원사의 모습에서 아름다움을 발견합니다.

아이는 아버지에게 받을 선물을 기대하며 지식을 배우기 위해 학교에 갑니다. 아이는 일등을 했고, 더는 선물이 중요하지 않아졌습니다. 매달 학비를 내지만 그 대신 보름달같이 완전한 지식을 얻었습니다.

이 세상에 존재하는 모든 것의 행동에는 이유가 있지만 당신을 사랑하는 자들의 영혼과 육체가 하는 일에는 이유가 존재하지 않습니다.

전체를 사랑하는 자는, 전체로부터 격리되어 부분만을
원하고 부분만을 사랑하는 자와는 다르다.

부분을 사랑할 때 그 사랑의 대상은 이내 부분의 전체를
향한다. 부분만을 사랑하는 자는 쉽게 사랑의 노예가 되
어 침몰한다.

하지만 그는 우리를 도와줄 수 없다. 그에겐 그럴 권리
가 없다.

그는 우리의 주인이지 사랑하는 사람이 아니기에—

배를 타고 있던 학자가 선원을 보며 말했다.

"이제껏 공부를 해본 적이 있소?"

뱃사람이 대답했다.

"없습니다."

그러자 학자가 말했다.

"당신은 인생의 절반을 낭비했구려."

뱃사람은 슬픔으로 마음이 아팠지만 그 순간 대답을 할 수 없었다. 그때 엄청난 강풍이 불어와 배가 소용돌이에 휘말렸다.

뱃사람은 학자에게 큰 소리로 말했다.

"수영할 줄 아시오?"

학자가 대답했다.

"못하오."

그러자 뱃사람이 말했다.

"당신은 인생의 절반을 낭비했구려. 지금 배가 가라앉고 있소."

사랑에 빠진 자가 말하면 사랑의 향기가 난다. 그의 입
에서 사랑이 튀어나온다.

논리적인 사람이 말을 하면 그 경이로움에서 빈곤의 냄
새가 난다. 그의 입에서 빈곤이 튀어나온다.

불신한 자가 말을 하면 믿음의 냄새가 난다. 아무리 의
심하며 말해도 그의 의심이 확신을 향하기 때문이다.

당신은 순례를 떠날 때 함께할 동행을 찾을 것이다. 인
도인이든, 아랍인이든, 터키인이든 중요하지 않다. 외모
와 피부색을 보지 마라. 대신 그의 목적과 의도를 보라.
피부색이 다르다 해도 서로 목표하는 바가 같다면 당신
과 같은 색의 사람이다.

내가 나의 문제들에 사로잡혀 있다면 어찌 목마른 자에게 물을 내어줄 수 있겠는가?

모든 것이 잘못되어 고통스럽다면 인내하라. 인내는 기쁨으로 가는 문의 열쇠이다.

생각을 멈추어라. 생각은 야생동물과 같다. 생각은 사람의 마음을 사냥한다. 생각을 멈추는 것이 마음을 고치는 최고의 치료제이다. 상처는 긁으면 더 아프고 흉이 진다.

생각을 멈추는 것은 명백히 치료의 첫 순서이니 생각을 멈추고, 다만 자신의 영혼의 힘을 응시하라.

태양 같은 얼굴을 가지지 못한 자는 오직 자신의 얼굴을 가려주는 베일 같은 밤만을 기다린다.

잎사귀 하나 가지지 못한 장미 가시에게 봄은 자신의 비밀을 드러내는 적이지만 장미와 야생 백합에게 봄은 반짝반짝 빛나는 두 눈과 같은 기쁨이다.

장미 가시는 가을만을 기다린다. 가을이 오면 자신의 적수인 정원과 싸워볼 수 있기 때문이다.

가을은 꽃의 아름다움을 덮고 자신의 결점도 덮어준다. 그래야 당신이 꽃의 아름다운 색과 자신의 색, 둘 다 보지 못할 테니까.

장미 가시에게는 가을이 봄이고, 새로운 생명이다. 돌과 루비가 같아 보이는 계절이니까.

정원사도 가을의 비밀을 알고 있다. 하지만 세상의 시각과 그의 시각은 다르다.

그에게는 진실로 하늘의 모든 별이 달의 일부인 것처럼,

모든 존재 하나하나가 우주이다. 그렇기에 어떤 형태와

외양을 가졌든 모두가 봄을 기쁘게 맞이하길.

꽃이 지지 않고 계속해서 활짝 핀다면 어떻게 열매가 열릴까.

만개한 꽃이 질 때서야 열매가 고개를 드는데.

육체가 부서져야 영혼이 머리를 드는데.

열매는 의미이고, 꽃의 만개는 그 형태이다.

꽃은 자신의 만개로 열매라는 축복을 알린다.

꽃이 질 때 열매가 나타난다.

줄어드는 것이 있으면 반드시 늘어나는 것이 있다.

빵이 여럿으로 조각나지 않으면 어떻게 많은 이들에게 힘을 줄까.

포도송이가 으깨지지 않으면 어떻게 와인이 될까.

가자 열매*가 가루로 부서지지 않으면 어떻게 사람을 치료할까.

*약으로 쓰이는 가자나무 열매.

당신의 육체가 늙어 약해져도 당신이라는 태양이 없다면 우리는 어둠 속입니다.

당신이라는 램프의 빛이 희미해진대도 당신만이 우리 마음의 안내자이자, 엉킨 실타래를 풀 수 있는 사람입니다. 엉킨 실타래 끝을 당신이 붙잡고 있으니 마음의 목걸이에 꿰어진 진주는 당신의 지혜입니다.

길을 아는 노인의 지혜를 소중히 받아 적고 그의 지혜를 선택해 이 길의 본질로 여기십시오.

노인은 여름이고, 우리는 가을입니다. 우리는 밤에 길을 걷는 자, 노인은 밤길을 비추는 달입니다.

늙어가는 것에는 시작이 없고 경쟁자도 없습니다. 다만 오래된 와인처럼 더욱 깊어지는 것입니다.

노인의 지혜를 받아들여야 합니다. 우리가 가는 길에 그것이 없다면 많은 재앙과 공포와 위험이 가득할 것입니다.

지혜의 안내가 없다면 많이 다녀본 길이라도 다시 길을 잃을 것입니다. 그러니 한 번도 가보지 못한 길은 또 어떻겠습니까?

그의 안내로부터 한순간도 주의를 놓쳐선 안 됩니다. 그의 보호가 없다면 당신을 노리는 악마의 속삭임이 머리에 가득할 것입니다.

당신을 유혹해 파괴의 길로 들게 하고, 당신의 길에 더 많은 재앙을 가져다 놓을 것입니다.

악마는 수천 년의 먼 길로 데려가 우리에게 아무것도 남지 않도록 벗기고 빼앗을 것입니다.

그러니 악마를 따라가지 않도록 주의해야 합니다. 당신의 육체를 붙잡아줄 수 있는 지혜로운 자를 따라야 합니다. 그와 잡은 손을 놓아선 안 됩니다.

그의 사랑은 향기로운 허브가 가득한 푸르른 초원으로 당신을 안내합니다. 한순간이라도 그를 떠난다면 독초가 있는 곳을 향할지도 모릅니다.

만약 길을 잃고 방황한다면 육체가 원하는 것과 반대로 가십시오. 분명 옳은 길일 것입니다.

욕망과 욕심과 친구가 되지 마십시오. 당신을 옳은 길에서 더 멀어지게 할 것입니다.

이 세상의 그 무엇도 당신의 욕망을 이길 수 없습니다.

하지만 오직 길을 안내하는 노인의 지혜만이 그것을 가
능하게 합니다.

"타인의 시기 질투와 부당한 대우에 어떻게 처신해야 합니까?"

"내가 사자라면 그것들은 쇠사슬과 같다. 사자가 쇠사슬에 묶인다고 해서 품위가 손상되더냐?

그것이 운명이라면 그 운명에 대해서 불평하지 말라. 사자의 목에 쇠사슬을 맨다 해도 여전히 위엄 있는 왕과 같다."

"만약 감옥에 갇힌 것 같은, 우물에 빠진 것 같은 느낌이 들 때는 어떻게 해야 합니까?"

"그것은 달이 기울어 초승달이 되는 것과 같다. 달이 기울어 초승달이 된다 해도 결국에는 또다시 보름달이 떠오르지 않겠느냐?

밀알을 으깨어 씨앗이 나오면 마음과 눈의 빛이 되고, 그 높이 떠오르는 빛을 보게 될 것이다. 밀 씨앗을 땅에 뿌리면 땅으로부터 밀 싹이 고개를 내민다. 다시 그것을 으깨어 가루로 만들면 가치가 올라가고, 빵을 만들어 영혼을 살찌운다.

그 빵을 이로 으깨어 먹으면 정신과 지식과 지혜를 얻는다. 다시 우리의 영혼이 사랑에 빠지면 밀 파종 이후에 씨앗을 보게 될 것이다."

이 지구는 광대하지만 우리의 마음은 그보다 더 광대합니다. 우리의 마음은 신선한 푸른 초원이며 절대 마르지 않는다는 사실을 믿으십시오.

지금 당신의 어깨 위에 무거운 짐이 놓여 있어 지치고 힘들다 해도 잠들고 나면 그 무게는 가벼워질 것입니다. 피로가 사라지고 고통과 고뇌에서 벗어날 것입니다. 그 잠은 세상 무엇보다 달콤할 것입니다.

당신을 위한 선물을 찾기 위해 노력했지만 당신에게 꼭 맞는 선물을 찾지 못했습니다.

광산 같은 당신에게 어떻게 보석을 선물하겠습니까? 바다 같은 당신에게 어떻게 물방울을 선물하겠습니까? 모든 작물이 심겨 있는 당신이라는 밭에 어떻게 씨앗을 선물하겠습니까?

무엇도 당신의 아름다움과 견줄 것이 없어서 거울을 준비했습니다. 당신 내면의 순수한 빛을 볼 수 있게요.

거울에 아름다운 당신의 얼굴을 비춰보십시오.

아! 하늘의 촛불인 태양 같은 그대여. 당신에게 거울을 드리겠습니다.

아! 내 눈의 빛이여! 얼굴을 비춰볼 때마다 나를 떠올려주십시오.

존재의 거울은 무엇입니까? 보이지 않는 것을 보여주는 것입니다. 우리 존재는 보이지 않는 것을 통해 보입니다.

부자는 가난한 자들에게 관대함을 보여주고, 배고픈 자들을 보면 빵이 보이고, 장작을 보면 불꽃이 보일 것입니다.

거울로 부족한 점을 들여다보면 우수함과 뛰어남이 보입니다.

반듯하게 잘 재단된 옷이 있다면 재단사가 이렇게 자신의 솜씨를 보일 수 있겠습니까?

정원의 나무들이 손질되어 있지 않다면 정원사는 나무들을 손질하며 자신의 솜씨를 연습할 수 있습니다.

부러진 뼈를 고치는 의사는 다리가 부러진 환자가 있는

곳으로 갑니다. 아픈 사람이 없다면 의사의 뛰어난 의술이 어떻게 보이겠습니까?

부족함은 뛰어남의 거울입니다. 고난은 힘과 영광의 거울입니다. 모든 반대되는 것은 그 반대되는 것에 의해 보입니다. 식초를 먹고 나면 꿀이 달다는 것을 압니다.

자신의 부족함을 보고 완벽해지기 위해 급히 서두르는 자는 그의 곁으로 갈 수 없습니다. 그 자신이 스스로 완벽하다고 생각하기 때문입니다. 완벽을 추구하는 자만큼 영혼에 고통을 주는 것은 없습니다.

지혜는 자만하지 않게 한다. 지나친 자만심은 당신을 파괴할 것이니, 당신이 가진 지혜는 잠시 빌린 것이라는 것을 명심하라.

당신의 집이 환하게 빛난다면 그것은 이웃집들이 빛나기 때문이다.

철이 발갛게 달아올라 빨개진 것은 스스로 붉어진 것이 아니라 철을 수고롭게 내려치는 망치에 불꽃을 빌렸기 때문이다.

어떤 집의 창이 환한 불빛으로 가득하다면 태양이 빛나기 때문이다.

문과 벽이 말했다.

"나는 아름답게 빛나. 다른 것 때문이 아니라 나 스스로 빛나는 거지."

그러자 태양이 말했다.

"정말 그럴까? 내가 지면 알게 될 거야."

식물이 말했다.

"우리는 스스로 푸르지. 언제나 활짝 피고 아름다워."

그러자 여름이 말했다.

"정말 그럴까? 내가 떠나고 가을이 지나 겨울이 오면 알
게 될 거야."

몸이 말했다.

"나는 스스로 아름답고 멋있지."

그러자 영혼이 말했다.

"정말 그럴까? 나 없이 살아본다면 알게 될 거야."

황소가 사자에게 자만을 느끼면 어떻게 될까? 황소가 자신의 뿔로 백번을 공격한대도 사자는 황소의 뿔을 갈기갈기 찢을 것이다.

황소가 고슴도치만큼 많은 뿔을 가졌대도 결국 황소는 사자에 의해 죽임을 당할 것이다.

태풍이 많은 나무를 뿌리째 뽑아도 풀들에는 관대함을 베푼다. 그 강한 태풍도 약한 식물들에는 자비를 베푼다.

헛되이 자만을 뽐내지 말라.

제아무리 두꺼운 나무라도 도끼가 두려워하겠는가? 나무를 조각조각 벨 것이다.

나뭇잎은 나뭇잎을 이길 수 없고 바늘은 바늘을 이길 수 없다.

제아무리 장작이 높이 쌓여 있다고 불이 두려움을 느끼겠는가?

제아무리 많은 양 떼가 모여 있다고 도살꾼이 두려움을 느끼겠는가?

손가락 하나를 들어 눈을 가리면 태양이 가려져 이 세상
이 텅 빈다.

손가락 하나로 달도 숨길 수 있다. 이것이 그의 존재의
표식이다. 온 세상이 그의 손가락 하나로 사라지고 태양
은 구름에 가려져 빛을 잃는다.

입술을 닫고 당신 안의 깊은 바다를 보라. 우리 안의 바
다는 우리가 움직이도록 만드셨다.

천국에 흐르는 네 개의 강도 우리가 움직이는 것이다.
이것을 통제하는 힘은 우리의 것이 아니라 그의 것이다.
마술사가 마법을 부리듯 우리가 원하는 곳이라면 어디
든 그 강을 흘려보낼 수 있다.

우리의 빛나는 두 개의 샘도 우리 마음과 영혼이 움직인
다.

마음이 원하면 독기를 품게 되고, 마음이 원하면 사랑을 품는다.

마음이 원하면 진실을 향하고, 마음이 원하면 환상을 좇는다.

마음이 원하면 우주를 향하고, 마음이 원하면 좁은 곳에 머문다.

우리의 오감도 이와 같다. 마음에 의해 움직인다. 우리의 오감은 마음이 가리키는 곳을 향해 흘러갈 뿐이다. 손과 발은 마음이 명령하는 대로 움직인다.

마음이 원하면 발은 춤추고, 마음이 원하면 부족함에서 완성의 길로 나아간다.

마음이 원하면 손은 손가락을 움직여 책을 쓴다. 손은 보이지 않는 손인, 마음에 있는 것이다.

몸은 마음의 도구이다.

마음이 원하면 적들을 공격하고, 마음이 원하면 친구를 돕는다.

마음이 원하면 음식을 먹는 수저가 되고, 마음이 원하면 무서운 무기가 된다.

마음이 몸을 어떻게 움직이는지 놀랍지 않은가! 이 연결은 눈으로 보이지 않지만 경이로 가득하다.

심한 상처에는 독한 약이 필요합니다. 악한 남자는 악처를 만나는 것이 당연한 이치입니다. 추함의 짝은 추함인 법입니다.

당신이 원하는 사람이 있다면 그와 녹아들 수 있는 사람이 되십시오.

그 사람처럼 되십시오. 그 모양과 그 성질을 가지십시오. 빛을 원한다면 빛을 받아들일 준비가 되어야 합니다.

그에게서 멀어지고 싶다면 자만하십시오. 그렇다면 멀어질 것입니다.

황폐한 감옥에서 탈출하고 싶다면 그에게서 고개를 돌리지 마십시오. 그를 믿고 그의 곁에 머무십시오.

그분은 왕자이든, 포로이든 희망을 품기도 하고 두려워
하기를 바란다.

희망과 공포는 둘 다 베일에 가려져 있다. 이 둘은 베일
뒤에서 자란다.

당신이 만약 그 베일을 찢는다면 희망과 공포는 존재하
겠는가? 그분의 힘과 신성함은 베일 뒤에 가려 보이지
않는다.

어떤 것에 대한 상상은 그것이 보이지 않을 때 가능하
다. 이 움직임은 보이지 않는 것을 좇는 것이다.

보이지 않을 때 우리의 마음에서 강력한 상상의 힘이 튀
어 오른다.

그것이 보일 때 우리의 상상의 힘은 사라진다.

비가 내리지 않는다면 청명하고 깨끗한 하늘을 볼 수 없고, 어두운 땅이 없다면 푸른 초목들을 볼 수 없다.

루미
연보

1207
9월 30일 페르시아 북동 지역 발흐에서 신학자인 아버지와 지역 지도사의 딸 어머니 사이에서 태어남.

1222
무굴 제국의 침략을 피해 고향인 페르시아를 떠나 현재 터키인 아나톨리아로 이주함.

1224
고어 카톤과 결혼함.

1229
말라티아, 에르진잔, 카라만 등을 거쳐 코니아에 정착함. 아버지의 뒤를 이어 강연을 통해 지식을 전파함.

1231
아버지 사망함.

1233

시리아로 공부하기 위해 떠남.

1237

코니아로 돌아와 아버지의 자리를 물려받음. 젊은 학자로서
사람들을 선도하는 데 힘씀.

1244

샴스 타브리즈와 만남. 샴스를 통해 전통적인 학자의 삶을 뒤
로하고 금욕주의의 삶을 실천함. 그 후 모든 외부 활동을 금하
고 샴스와 깊은 정신적 교류를 나눔.

1246

주변 사람들이 루미와의 관계를 질투하기 시작하자, 이를 참
지 못하고 샴스가 코니아를 떠남.

1247

떠났던 샴스가 돌아옴. 루미를 따르는 사람들은 계속해서 샴

스를 시기했고 결국 샴스는 코니아를 떠나 다시는 돌아오지
않음.

1262
루미의 가장 위대한 업적으로 평가받는 시집 《마스나비》의 작
업이 시작됨.

1273
12월 17일 66세의 나이로 사망함. 현재 터키 코니아에 있는
메블라나 사원에 묘가 안치되어 있음. 루미를 기리기 위해 전
세계에서 추모객들이 모이고, 매년 12월에는 루미가 창시한
수피즘 축제가 열림.

옮긴이 정제희

한국외국어대학교에서 이란어를, 테헤란대학교에서 정치외교를 공부했다. 현재
이란어 전문 통번역 센터인 '이란아토즈'의 대표로 이란어 통번역 분야에서 활발
하게 활동하고 있다. 저서로는 《테헤란 나이트》《하고 싶은 일 하면서 살면 왜 안
돼요?》가 있으며 계간지 《ASIA》에 이란 문학에 관한 글을 기고했다. 2016년 문화
체육관광부와 한국문학번역원이 주최한 '한국-이란 시의 만남'에서 양국의 시를
번역했다.

루미 시집

초판 1쇄 발행일 2019년   1월 28일
초판 5쇄 발행일 2023년 10월 30일

지은이 잘랄 아드딘 무하마드 루미

발행인 윤호권
사업총괄 정유한

편집 조예원 **디자인** 박지은 **마케팅** 정재영, 윤아림
발행처 ㈜시공사 **주소** 서울시 성동구 상원1길 22, 7-8층(우편번호 04779)
대표전화 02 - 3486 - 6877 **팩스**(주문) 02 - 585 - 1755
홈페이지 www.sigongsa.com / www.sigongjunior.com

ISBN 978-89-527-9511-3 03890

*시공사는 시공간을 넘는 무한한 콘텐츠 세상을 만듭니다.
*시공사는 더 나은 내일을 함께 만들 여러분의 소중한 의견을 기다립니다.
*잘못 만들어진 책은 구입하신 곳에서 바꾸어드립니다.

WEPUB 원스톱 출판 투고 플랫폼 '위펍' _wepub.kr
위펍은 다양한 콘텐츠 발굴과 확장의 기회를 높여주는
시공사의 출판IP 투고·매칭 플랫폼입니다.